그냥 눈물이 나

그냥 눈물이 나

이애경 지음

시공사

가을과 겨울 사이의 어떤 날처럼 느껴지는 그런지한 봄날, 집에 휴대전화를 버려둔 채 나와 무작정 걸었다. 비에 젖은 낙엽이 오크향의 습기를 뿜어내듯, 녹기 시작한 땅이 공기와 접촉하며 만들어내는 흙내음은 비릿하면서도 깊은 아로마를 가진 와인처럼 묵직한 중량감을 선사하고 있었다.

두 볼을 두드리는 찬 바람이 싫지 않아 이리저리 발걸음을 옮기던 순간 눈물이 툭- 떨어졌다.

둥글지 않은 모난 선을 그리며 바람처럼 떠도는 자유로운 영혼이 되어 제 멋대로, 내 맘대로 앞을 향해 걸어왔지만 한 번도 다친 마음을 여유롭게 돌아보고 토닥인 적이 없었다. 애써 밑바닥에 덮어놓은 상처들을 들여다볼 이유도 없었고, 행여 손을 댔다 상처가 덧날까봐, 그 상처를 다른 누군가가 보게 될까봐 조심스러웠다.

나를 돌아보고 다시 시작하기에 서른 썸씽이라는 나이는 너무 많은 게 아닐까? 삼십여 년 동안 때로 상처 받고 때론 상처를 주었으니 앞으로 상처를 줄 일도 받을 일도 최소한으로 줄일 수 있지 않을까? 그게 나의 솔직한 마음이었다.

남은 흉터는 컨실러로 가려지지만 화장을 지우고 나면 솔직한 얼굴이 드러나듯, 지금의 내 모습은 내가 걸어온 삶의 결과라는 걸 알게 됐다. 나를 이루고 있는 모든 건, 내가 받아들여야 할 온전한 나의 모습이라는 걸 깨닫자 마음이 한결 편해졌다.

'오늘은 내 남은 인생의 첫날이자 가장 젊은 날이다.'

누군가의 말처럼 오늘이 인생의 첫날이라면 내 손엔 그 어떤 짐도 들려 있지 않았으면 좋겠다. 다른 사람들에 의해 정의된 '나'라는 사람에 대한 다소 과장된 생각과 나에게 기대하는 것들을 충족시켜야 한다는 책임감, 혹은 나 스스로도 내가 누구인지 모르고 좇았던 허상까지.

진짜 내가 누구인지 알기 위해선 어제의 일들에 시선을 떼지 못한 채 우두커니 서 있기보다는 지금 주어진 오늘에 집중하는 게 더 가치 있는 일이기에.

뜨거워진 태양, 운무를 뚫고 나온 강한 햇살이 내 머리를 토닥이고 부드러운 바람이 내 얼굴을 어루만지자 마음이 녹아내렸다. 버리질 못하고 꾸역꾸역 짊어지고 있던 짐을 놓아버리니 마음이 홀가분해졌다. 그제야 나는 나 자신과 스스로 마주하게 되었다. 더해지지도 않고 감해지지도 않은 진짜 내 모습을.

나는, 다시 시작하고 있었다.

이애경

차례

사랑하고 있지 않다면 여행하라.
그리고 여행하고 있지 않다면 사랑하라.
나 자신과 가장 먼저.

나를 위해 한 번쯤은

나를 위해 한 번쯤은

그건
    언제부터
정해져 있었던 걸까?

그건
    언제부터
정해져 있었던 걸까?

신호등은 초록색, 빨간색, 그리고 주황색 라이트로 나뉘어져 있다.
그런데 왜 우리는 '파란불'이 켜지면 길을 건너는 걸까?
그건 언제부터 정해져 있었던 걸까?

때로는 잘못 입력된 정보들에 의해 살면서도
왜곡된 줄 모르고 그냥 살아간다.

'네가 하는 게 다 그렇지 뭐.'
'넌 도대체 왜 이 모양이니?'
'넌 안 돼.'
'넌 아무 짝에도 쓸모없어.'
'여자는 무조건 예뻐야 해.'

이런 말들을 우리 삶에 집어넣은 건 대체 누구일까?

아무것도
　　되고 싶지 않은
강낭콩

내가 존경하는 한 선배는

서른 살이란 산을 넘는 중요한 시기에 결정해버린

나의 캐나다 외유에 대해

"그래, 갔다 와서 대체 뭐할 건데?"라는 질문을 달았다.

그때 문득 생각났다.

아무것도 되고 싶지 않은 강낭콩 이야기가.

무럭무럭 영글어 깍지에서 밖으로 나갈 준비가 된 강낭콩들에게

하나님은 "넌 무엇이 되고 싶니?"라고 물어본 후

그들이 원하는 곳으로 보내주었다.

마지막 남은 강낭콩에게 "넌 무엇이 되고 싶니?"라고 묻자

한참을 생각하던 그 강낭콩은

"꼭 무엇이 되어야 하나요?"라며 하나님께 되물었다고 한다.

살면서 더욱 확신하게 되는 것이지만
꼭 무언가가 되어야 세상을 잘 사는 것이라 생각하지 않는다.
그렇다고 해서 무책임하게 삶을 내팽개치거나,
되는대로 놓아두는 것이 옳은 일이라고도 생각하지 않는다.
막내 강낭콩은 다소 권태적이며 무책임하게 들리는 대답을 했지만
아마 그는 자신이 원하는 것을 이미 알고 있었을 것이다.
지금의 나처럼.

언제가 끝이 될지 모르는 삶.
남은 시간이 짧아질수록 먼저 하고 싶은 일부터,
안달이 날 정도로 열망하는 일부터 해야 하지 않을까.
적어도 여태껏 지내온 시간만큼 더 살아야 하는데
고작 일 년, 혹은 몇 년의 외유가 무슨 큰 악영향을 미칠까.
덧없이 흘러가버릴 시간들을
뜨거운 심장과 두 발에 더 꼭꼭 담아둘 수 있지 않을까.

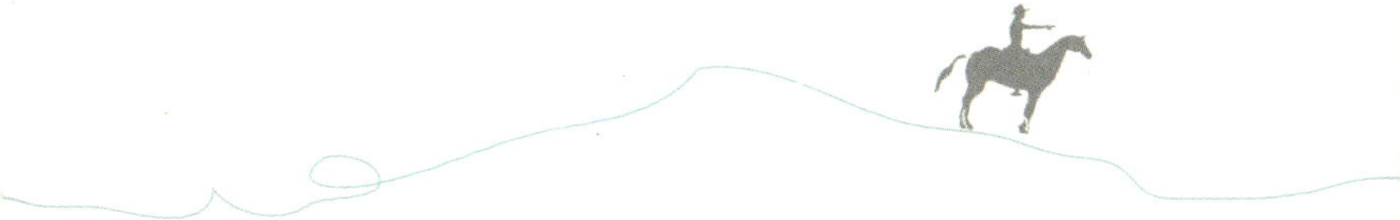

나뭇가지가 하늘 위로 뻗어나가고 있지 않다고 해서
나무에 잎이 풍성하게 돋아나 있지 않다고 해서
나무가 탐스러운 열매를 맺지 않았다고 해서
아무 일도 하지 않고 있는 건 아니다.
있는 힘을 다해 뿌리를 내리고 있지만
단지 눈에 보이지 않을 뿐.

여행은 여자를 변화시킨다

어떤 것으로부터도 자유롭고, 어떤 것에게도 얽매이지 않을 수 있
는 유일한 순간들, 그리고 그 순간들이 점철되어 만들어지는 궤적
은 오직 여행만이 줄 수 있는 선물이다. 간혹 선물 하나가 내 기대
에 못 미치고 실망스러워도 훌훌 털어내고 다음에 풀어볼 선물을
기대할 수 있는 건 그 시작점이 다양함과 자유함에서 출발하기 때
문이다.

가봐야 할 곳들을 꼼꼼히 체크하고 시간표를 챙기고 동선을 정한 뒤 계획대로 움직였던 여행 스타일에서 벗어나기 시작한 건 아마도 쿠바를 여행하면서부터였던 것 같다.

10년 동안의 똑 부러지는 여행에서 남은 건 알뜰 경비 지출 내역서와 수많은 인증샷 속에 주인공으로 서 있는 나, 그리고 몇 장 분실된 채 닳아버린 여행책뿐이었다. 여행에서 속사포처럼 제공되는 수많은 기억들을 단시간 내에 소화시키기에 역부족이었기에 나는 그것들을 분류하지 않은 채 기억의 창고 안에 쓸어 담아 넣어버렸고, 그 기억을 끄집어내다가 항상 모든 것이 뒤죽박죽이 되어버리곤 했다. 그때쯤 떠난 곳이 쿠바.

《노인과 바다》를 쓴 헤밍웨이가 딛고 서 있던 땅을 나도 밟아보고 싶다는 로맨틱한 이유로, 당시 내가 머물고 있던 캐나다에서 쿠바로 가는 방법이 가장 쉽다는 현실적인 이유로 나는 쿠바행 비행기표를 끊었다.

'미 대륙의 유일한 사회주의 국가이자 미국과 적대국인 나라'라는 사전적 수식어는 입국심사대 앞에 선 다음에야 내게 현실로 다가왔다. 무표정한 심사관들과 총기류를 들고 감시중인 군인들의 환대(!)는 내게 바이블 같던 여행책과 내 삶의 동반자인 헤드폰을 슬며시 가방 안에 밀어 넣고 옷매무새를 단정히 하게 만들었으며, 최대한 착하고 선하게 보여야 한다는 생존본능을 끌어냈다. 미소를 지으며 분위기를 반전해보려는 내 노력의 대가로 심사관의 싸늘한 침묵만이 돌아왔지만 그마저도 얼마나 감사하던지.

여권을 받아든 나는 여권 어디에도 입국 스탬프가 찍혀 있지 않아 의아해했다. 대신 작성된 비자 신청서를 반쪽 찢어주는 것으로 입국의 흔적을 남겨주었고, 출국할 때도 역시 여권에 스탬프를 찍지 않고 비행기표에 출국 스탬프를 찍어주었다.

방문의 흔적을 남기지 않는 나라. 이곳은 처음부터 소리 없이 방문했다가 흔적 없이 사라져달라는 여행의 룰을 제시해줬는지도 모르겠다.

수도인 아바나에는 총을 멘 군인과 경찰들이 많았다. 처음에는 살벌한 분위기에 금방이라도 총소리가 울려 퍼지며 모두들 바닥에 엎드리는 영화 같은 장면이 연출되는 게 아닌가 싶어 불안하더니, 그들이 치안을 유지하고 여행객들의 안전을 책임진다는 것을 알게 된 후에는 거리에서 마주칠 때마다 그렇게 반가울 수가 없었다.

쿠바는 남미 최저의 범죄율을 자랑한다는 설명에도 불구하고 처음 며칠 동안은 숙소 근처를 중심으로 원을 그리며 생활 반경을 넓히는 데 집중했다. 그 때문이었을까. 인증샷 찍기에 바빴던 그간의 여행스타일에 비해 훨씬 여유롭게 시간을 충분히 즐기며 산책을 하고, 오며가며 만난 사람들과 이야기를 나누는 일이 잦아졌고, 그런 인연들이 소중하다는 걸 깨닫기 시작했다. 비록 30원짜리 아이스크림을 먹기 위해 한 시간을 기다리며 선 줄에서 만난 인연일지라도.

젊은 청년 알렉산드로를 만난 것도 그 무렵이었다. 버스표를 사기 위해 터미널에 가던 중 한 학생이 내게 말을 걸어왔다. 여행왔냐, 어디에서 왔느냐는 질문에 나는 더 이상 내게 말을 걸지 말아달라는 표정을 담은 부드러운 미소로 캐나다에서 왔다고 짧게 답했다.
그러자 그는 큰 눈을 반짝이며 자기 누나가 밴쿠버에 사는데 캐나
다 사람들에게 많은 도움을 받는다며 자신도 캐나다 사람을 도와
주고 싶다고 했다. 문득 그가 목에 걸고 있는 끈에 'Canada'란 글
자와 단풍잎이 프린트되어 있는 것이 눈에 띄었다. 나는 그의 호의
를 받아들였다.

그는 여행책에서는 찾을 수 없는 재미있고 신기한 곳들로 나를
안내해주었다. 반나절 동안 마치 숨겨진 보물을 찾은 듯 즐거웠
다. 홍대 거리 느낌의 묘한 벽화가 그려져 있는 젊은이들의 아지
트, 아바나 대학의 숨은 명소, 골목골목의 예쁜 카페들이 내 눈앞
에 펼쳐졌다. 한참 동안 이야기를 나누다 쿠바에서 유행하는 음악
CD를 구할 수 있냐는 나의 물음에 그는 쿠바인들만 가는 음반 가
게에서 사다주겠다고 했다. 미화 10달러를 손에 들고 뛰어간 그는
잠시 후 CD 두 장을 가지고 돌아왔다.

몇 걸음을 함께 걷다 그는 내게 책을 사서 공부를 하고 싶다며 돈
을 좀 줄 수 없냐는 부탁을 했다. 달러가 떨어진 나는 모히토와 비
슷한 '니그롱'이라는 음료수를 사주는 것으로 고마움을 표시하고
그를 보냈다.

며칠 뒤, 다른 곳에서 알렉산드로가 사다준 것과 같은 CD를 1달
러에 파는 걸 보고 실망감을 감출 수 없었다. 쿠바의 젊은 청년들
은 그런 식으로 여행객들에게 접근해 돈을 요구하고 달러를 번다
는 얘기를 들었을 때 그 씁쓸함은 배가 됐다. 하지만 그랬더리도 책

을 살 수 있도록 돈을 좀 쥐어주면 좋았을 걸. 그의 거짓말에는 실망했지만 그것에 얽매여 그가 내게 베푼 호의를 잊지는 않았다. 어차피 여행은 수많은 사건들의 연속일 뿐이고, 여행 중 습득하고 경험한 어떤 것도 때론 훌훌 털어버리면 그만이니까.

나는 그의 착하고 선한 눈과 내게 가르쳐준 보물 같은 장소 외의 모든 것은 다 버렸다. 마음이 한결 가벼워졌다. 어차피 내 기억의 저장고는 내 전 생애를 걸쳐 일어나는 모든 일들을 담을 정도의 대용량 사이즈가 아니니 좋은 것만 차곡차곡 정리해 두는 건 현명한 선택이었다.

여행을 하며 만난 인연과 일어난 사건들에 대한 자유함.

어떤 순간에 어떤 인연으로 만나든, 어떤 장소에 어떤 사건이 일어나든 나에게는 그 모든 것이 선물이다. 그 다음에 받아들 선물에 대한 기대감과 설렘도 여행만이 줄 수 있는 축복이다.

출발하기 전 꼼꼼하게 세워둔 여행 계획이 갑작스럽게 틀어지더라도 당황하지 않는, 우연한 사건과 인연을 기대하는 여행을 시작하니 고단한 다리를 돌보며 쉬엄쉬엄 갈 수 있는 여유가 덤으로 주어졌다.

도망가는 게
아니라

"최 선배는 기자 때려치우고 의사가 되겠다며 의대에 들어갔고,
박 선배는 부동산쪽 담당하더니 아예 해외건설 투자회사에 들어
가서 짭짤히 돈 벌었고, '갑질' 하던 날라리 김 기자는 마케팅 회사
들어가서 '을질' 하고 있고."

오랜만에 만난 한 후배가 지인들의 소식을 전하며 한숨을 쉰다.
표정을 보아하니 내심 그들이 부러운 모양이다. '갑질' 하는 사람
들 비위 맞추느라 고생이 뻔히 보이는 사람마저 입에 올린 걸 보면
마음이 태평양 한 가운데를 제대로 표류하고 있는 게 분명하다.

지인들의 나이가 대략 삼십대 이상이다 보니 가끔 만나 속 깊은 이
야기를 나누다보면 이직이나 전직을 꿈꾸는 사람들이 상당히 많
다. 과중한 업무와 스트레스에 시달리는 기자들의 경우, 내가 만
난 열에 일곱은 모두 전직을 꿈꾼다.
하는 일이 저성에 맞지 않아 다른 일을 꿈꾸기도 하고, 아무리 마

음을 다잡아 봐도 풀리지 않는 직장에서의 인간관계 때문에 '사직한다'는 문자하나 달랑 보내고 칩거하고 싶은 마음이 굴뚝같지만 한 달에 한 번 월급통장 종결자로 얼굴을 들이미는 카드 값 명세서와 나와 혈연적, 경제적으로 끈끈하게 묶여 있는 가족들 생각에 뼈를 묻을 각오로 출근하는 사람들이 대부분.

현실이 이러하니 하던 일을 접고 다른 일을 시작한 사람들의 이야기에 항상 귀를 쫑긋거리게 된다. 더 좋은 회사로 옮겼다는 사람들의 소식도 부러움의 대상이지만 생뚱맞게 180도 방향 전환을 한 사람들 이야기는 로또 복권이라도 당첨된 마냥 부럽다. 자의가 아닌 타의로 하던 일을 그만두게 됐다가, 주먹 쥐고 벌떡 일어나 스타트 라인에서 힘차게 달려가고 있는 사람들 이야기에는 일종의 범접할 수 없는 아우라와 경외감마저 든다.

막힘없는 그들의 도전 정신, 생각을 행동으로 옮기는 실천 정신, 혹 실패했을 경우 쏟아질 비아냥을 감내할 준비가 된 겁 없는 의지,

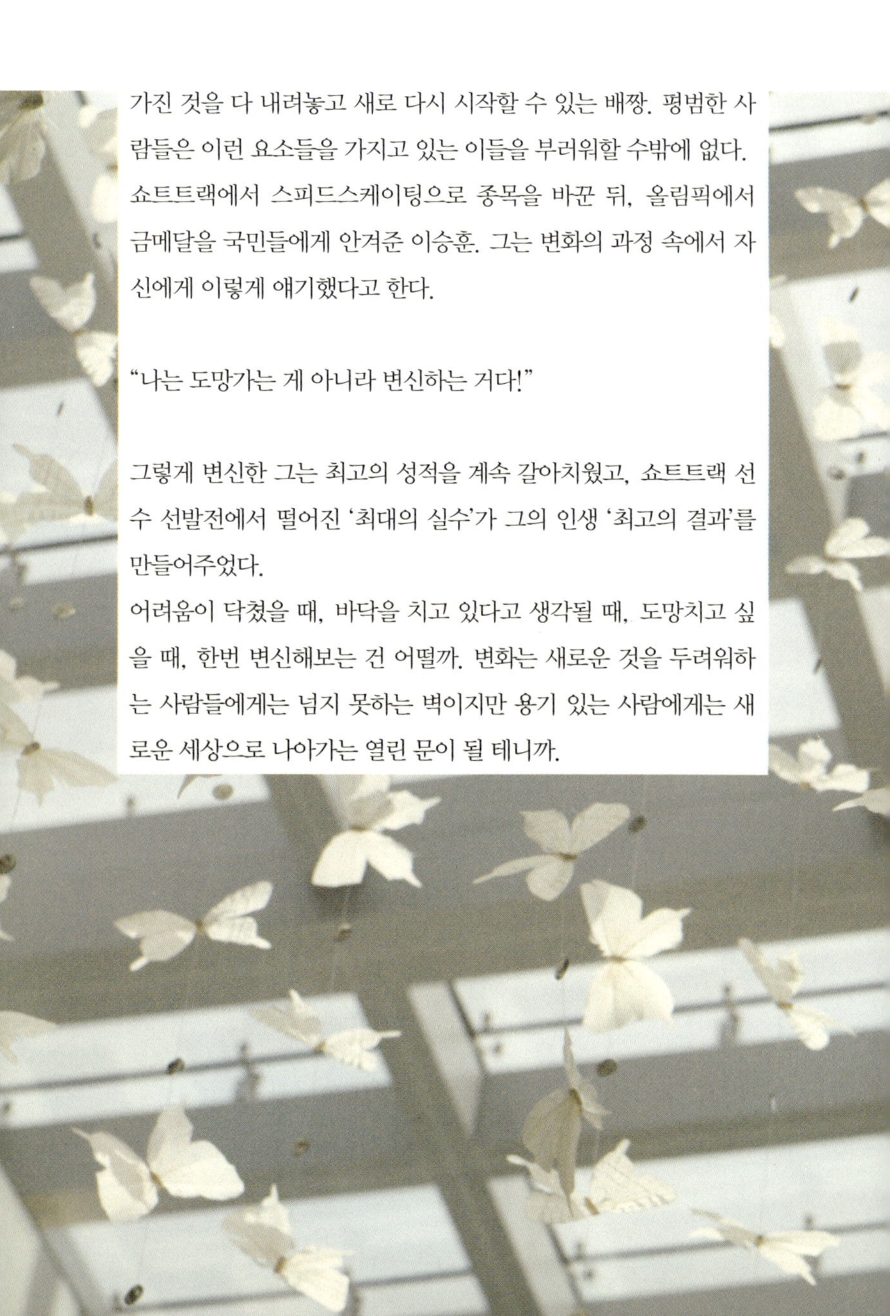

가진 것을 다 내려놓고 새로 다시 시작할 수 있는 배짱. 평범한 사람들은 이런 요소들을 가지고 있는 이들을 부러워할 수밖에 없다. 쇼트트랙에서 스피드스케이팅으로 종목을 바꾼 뒤, 올림픽에서 금메달을 국민들에게 안겨준 이승훈. 그는 변화의 과정 속에서 자신에게 이렇게 얘기했다고 한다.

"나는 도망가는 게 아니라 변신하는 거다!"

그렇게 변신한 그는 최고의 성적을 계속 갈아치웠고, 쇼트트랙 선수 선발전에서 떨어진 '최대의 실수'가 그의 인생 '최고의 결과'를 만들어주었다.
어려움이 닥쳤을 때, 바닥을 치고 있다고 생각될 때, 도망치고 싶을 때, 한번 변신해보는 건 어떨까. 변화는 새로운 것을 두려워하는 사람들에게는 넘지 못하는 벽이지만 용기 있는 사람에게는 새로운 세상으로 나아가는 열린 문이 될 테니까.

귀한 건
결국 빛나는 법이다

신선도가 언제나 제품의 질을 결정하는 건 아니다.
쇼룸에 진열되어 있는 화려한 신상 구두가
트렌드 세터들의 열렬한 환호를 받고
업그레이드 된 전자제품을 목마르게 기다리는 추종자들이 있고
TV에선 헤아리기조차 힘들 정도로
매일 새로운 얼굴의 신데렐라들이 튀어나오기에
우리는 사람에 대한 평가도 그렇다고 착각하게 된다.

신선하지 않아서 더 가치를 높이 평가받는 것도 있다.
빈티지 와인은 오래될수록 귀하고 고급스러우며
세월의 흔적이 묻어 있는 앤티크 가구는 부르는 게 값이다.
젊고 신선한 것만이 세상을 지배하지 않는다.
오랜 기다림 속에 드러난 사람이 더욱 가치를 발하듯이.

귀한 건 결국 빛나는 법이다.
그것이 언제 발견되든지 간에.

인생은 서핑이다

하얀 물거품을 일으키며 달려오는 높은 파도는

수영을 하는 사람들에게는 불안과 초조함의 대상이지만

서핑을 하는 사람들에게는

말로 할 수 없는 기쁨과 스릴을 안겨준다고

오스왈드 챔버스가 말했다.

내게 닥친 어려운 일은 나를 괴롭히는 요소가 아니라

나에게 형용할 수 없는 짜릿함과 행복을 주는 조건이다.

인생은 수영이 아니라

서핑이다.

파도야 덤벼라.

네 까짓 것 내가 잘근잘근 밟아 주리라.

“에펠탑 앞은 혼잡함을 틈탄 소매치기가 많아.”
“루브르 박물관에서는 정신 놓고 그림 보다가 집시들에게 당하는
경우도 있대.”

파리 여행길, 파리의 소매치기는 악명이 높기로 유명하다며 경계
를 늦추지 말고 주의하라는 이야기를 하도 많이 들어 가방을 앞으
로 매어 아이를 안듯 꼭 껴안고 있었다.
파리의 상징인 에펠탑에 올라가 파리 시내 전경을 감상하고 내려
올 때까지, 절대로 소매치기를 당하지 않으리라는 결연한 의지를
담아 내 옆에 가까이 다가오는 사람들을 브루스 리의 이웃사촌다
운 홑꺼풀의 눈으로 맹렬히 쳐다봤다.

다소 긴장이 누그러진 그 다음날, 루브르 박물관에 가기 위해 지
하철을 탔다. 오래된 동굴 안에 지어놓은 것 같은 묘한 느낌의 지
하철역. 사람도 많지 않고 어쩐지 스산한 느낌이 드는 곳이었다.
함께 여행간 동생과 이야기를 나누며 출구를 향해 걸어가고 있었
는데 갑자기 검은 옷을 입은 사람이 나를 툭 치고 지나갔다. 몸을
바로 세우고 1초, 2초…… 나는 황급히 가방을 뒤지기 시작했다.

‘없다!!’

여행 경비를 넣어두었던 빨간색 지갑이 소리 없이 납치를 당하고 말았다. 외환은행 본점까지 가서 바꾼 빳빳한 달러와 유로화는 물론이고, 신용카드, 주민등록증, 그간 여행을 다니며 모아두었던 외국 지폐, 각종 상품권이 모조리 사라지고 만 것이다.
혼자도 아니었고, 둘이 두 눈을 뜨고 있었는데 이렇게 당하다니. 갑자기 파리가 싫어지고, 당장 떠나고 싶은 마음이 요동쳤다.

일단 지하철역 밖으로 나가 경찰서를 찾았다. 그런데 경찰서에 들어서자마자 놀라고 억울하고 분하고 짜증나던 마음이 홀랑 사라져버리고 말았다. 내 눈앞에 브래드 피트와 데이비드 베컴을 섞어놓은 듯한 경찰이 서 있었기 때문이다.
최악의 순간에 아이러니하게 찾아온 훈남이라니. 가까스로 정신을 차려 문화 선진국 프랑스 파리 시민들의 여행객 뒤통수치기를 규탄하며, 나는 지하철에서 일어난 모든 일과 정황을 설명했다. 여행자 보험처리라도 받아야겠다는 생각이 들어 경위서를 써달라고 했고, 그 훈남 경찰은 사고경위서를 자세히 써주며 나를 위로해주었다. 어느새 또 피해자 신분을 망각하고 쉘부르의 영어를 흘리는 그의 얼굴을 쳐다보고 있는 나……. 파리를 당장이라도 떠나고 싶다던 생각은 사그라지고 심지어 이런 훈남을 경찰로 두고 있는 파리를 동경하게 됐다.

서른은 이렇게 아이러니하다. 당장이라도 폭발할 것 같은 짜증과 억울함이 트레몰로(tremolo)의 속도로 몰려오다가도 마음에 흡족한 어떤 한 가지를 만나면 그 감정으로부터 돌아서는 게 쉬워진다. 그건 단순함도 아니고, 조울증도 아니고, 속물근성도 아니고, 줏 대 없음도 아니고 그저…… 이런 급변적이고 아이러니한 프로세스 가 가능해지는 나이가 되었다는 것일 뿐.

2

그냥 떠나도 괜찮아

“고객님, 호텔 예약 건 때문에 연락드렸습니다.”
“네?”
“정말 동경에 가시는 건가요?
지금 아무도 호텔 예약을 안 하시거든요.
예약된 것도 다 취소하신 상태고.”

자주 이용하는 호텔 예약 사이트에서 전화가 왔다.
평소에 가보고 싶었던 동경에 있는 한 호텔을 예약한 다음날이었다.

쓰나미와 원전 사태로 관광객이 끊긴 동경은 파격적인 가격으로
호텔과 항공편 할인 행사하고 있는 중이었다.
대세를 따를 것인가, 나는 나의 길을 갈 것인가.

친한 언니가 입원했다는 이야기를 듣고 병원에 가는 중이었다.
서울 남쪽 끝에 있는 병원은 한 번도 가보지 않은 곳이라 운전에
조금 더 각별하게 신경 써야 했다.
한남대교를 넘고, 올림픽도로를 타다가 분당-수서 간 고속도로
까지, 내비게이션을 찍고 친절한 안내양의 멘트에 따라 최대한 말
잘 듣는 아이가 된 나.
우회전 하라면 하고, 유턴 하라면 하고, 속도 줄이라면 줄이고, 내
비양이 내 운전 흐름보다 반 박자씩 늦어 한두 번 헤매기는 했지만
시키는 대로 고분고분 달리니 어느새 목적지에 도착했다.

다음날, 또 병원에 가야 했는데 전날만큼은 긴장되지 않았다.
내비양 목소리를 방해하지 않을 정도로 음악을 잔잔하게 틀어놓
고, 반은 내비양의 안내에 따라, 반은 전날의 기억력으로 갔던 길
을 그대로 따라 갔다.

OPEN

며칠 후, 병원을 다시 찾아야 했을 땐 내비게이션은 만약을 대비해 틀어놓은 안내방송이었을 뿐 나는 그 길에 이미 익숙해져 있었다. 목적지가 어느 방향인지, 어디로 가야 하는지를 이미 알고 있었다.

살다 보면, 한 번도 가보지 않은 낯선 길로 가야 할 때가 있다. 길을 찾다 갔던 길을 되돌아오기도, 한참을 빙빙 돌아가기도 한다. 때론 잠시 길을 잃고 방황하기도 하지만 시간이 조금 더 걸리는 것일 뿐 언젠가는 반드시 목적지에 도착하고야 만다. 내비게이션처럼 특별한 안내자가 없더라도 말이다. 처음에는 길을 헤매다 막막함에 지쳐버릴지 몰라도, 한 번 가본 길은 어느새 익숙해져 결국 내가 아는 길이 된다.

아는 길 위에서 비로소 나는 자유롭다.
막연한 두려움을 떨쳐낸 한 번의 용기 있는 발걸음이 아는 길을 만

들고 그런 길이 많아질수록 내가 자유로울 수 있는 범위는 더 넓어
진다. 인생이란 여정도 그런 게 아닐까. 아는 길이 많아질수록 내
가 맞닥뜨려야 하는 두려움은 줄어들게 되고, 나는 더 자유롭게
되는 거니까.

진정한 자유함은 낯선 길로 들어서는 나의 발끝에서부터 시작된다.
오늘 새로운 길을 가보지 않을 이유가 없다.

내가 살아야
남도 살린다

수많은 시간 비행기를 타고 다녔지만 기내에 비치되어 있는 잡지
는 면세품을 고를 때 뒤적이거나 기내 영화 리스트를 보기 위해 휘
리릭 넘겨버릴 뿐, 내 좌석 앞주머니에 꽂혀 있는 그 외 별책부록
들에는 신경 쓰지 않았다. 당연히 이륙하기 전에 시행되는 스튜어
디스의 안내 방송에 귀를 기울인 적도 없었다.

어느 날, 케냐 국적기를 탔는데 등장인물이 흑인인 바람에 개인용
스크린에 나오는 안내 방송을 유심히 지켜보게 됐다. 비상착륙 시
행동요령에 관한 것이었다.
비행기에 이상이 생기는 등 외부적인 요인으로 기내에 산소가 떨
어지면 산소마스크가 천정에서 내려오는데, 이때 어떻게 산소마
스크를 쓰느냐에 관한 안내였다. 특히 내 눈을 사로잡은 것은 엄
마와 어린이가 나란히 앉아 있는 장면. 스크린 속에서 엄마로 보
이는 인물은 산소마스크가 내려오자 자기 입으로 먼저 마스크를
가져가는 뻔뻔함을 보였다. 그리고 나서 아이에게 마스크를 씌워
주었다.
두 달 동안 아무것도 먹지 못하고 혹독한 추위 속에서 장승처럼 꼼
짝 않고 알을 품는 펭귄 아빠나 자신의 몸 안에서 알을 부화시키기
위해 자신을 희생하는 살모사 엄마, 새끼가 죽어도 미련을 버리지

못하고 한동안 업고 다니며 돌본다는 원숭이 엄마가 들으면 천인 공노할 '인간'의 비상시 탈출요령이었다.

눈에 보이는 장면이 의심스러웠던 나는 주머니에 비치되어 있는 비상시 탈출 요령 가이드를 뒤지기 시작했다. 일러스트레이션 속의 엄마도 비정하게 자기가 먼저 마스크를 쓰고 나서야 아이에게 마스크를 씌워주고 있었다. 옆에 있는 사람이 몸이 불편한 경우도 마찬가지였다. 본인이 먼저 쓰고, 다른 사람을 도와주는 순서로 그림이 그려져 있었다. '반드시' 본인이 먼저 쓰라는 지시도 적혀 있었다. 이유는 '내가 숨을 쉬지 못하면 아무도 도와줄 수 없기 때문'이었다.

흔히 우리는 다른 사람들에게 온정을 베풀 때, '이웃을 내 몸과 같이 사랑하라'는 말을 예로 들곤 한다. 재해지역에 성금을 보내는 일도, 방글라데시의 어린아이를 후원하는 것도 모두 이런 이웃 사랑에서 기인한다. 그런데 이 문장을 잘 살펴보면 여기에 심오한 뜻이 있음을 발견할 수 있다.

'내 몸과 같이……'

이웃을 사랑하되 내 몸처럼 아끼고 사랑하라는 뜻이다. 즉, 나를 사랑하는 것이 먼저다. 나를 사랑하는 방법을 모르면 이웃을 나처럼 사랑하는 것은 원초적으로 불가능하다.

나를 어떻게 아끼고 사랑하는지를 알아야만 그 방법으로 남을 아껴주고 사랑해줄 수 있다. 내가 숨을 쉬지 못하면 아무도 도와주지 못한다. 이기적인 인간이 되라는 얘기가 아니라 생존본능에 충실하자는 이야기다. 특히 '착한 여자 콤플렉스'로 고통 받는 사람들, '나의 희생으로 다른 사람들이 편하면 다행이에요'라고 믿으면서 정작 자신이 더 고통 받고 힘들어하는 사람들. 내 착함이, 내 희생이 내게도 진정한 기쁨을 주는 것인지 판단할 수 있어야 하지 않을까?

내가 살아야 남도 살린다.
진정으로 사랑하는 법이란 바로 이런 게 아닐까.

말하는
대로

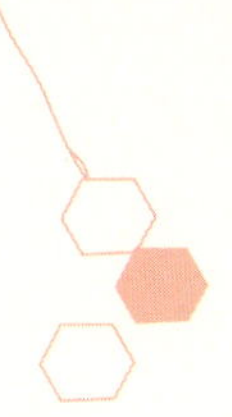

내가 자주 가는 한 디저트 카페는 당근 케이크가 맛있기로 유명하
다. 아르바이트를 하는 직원들은 당근 케이크가 그려진 티셔츠를
입고 서빙을 하고, 카페의 모든 것이 당근 케이크에 초점이 맞춰
져 있다.

그래서일까? 손님들 대부분이 당근 케이크를 주문해서 먹는다. 그
들은 정말 당근 케이크가 맛있어서 먹는 걸까?

이 카페의 화장실에 가면 문 앞에 이런 안내 문구가 붙여져 있다.

> 이곳의 당근 케이크를 사랑해주시는 여러분께 양해의 말씀을 드립
> 니다. 당근 케이크는 직접 홈메이드식으로 만들고, 7시간의 숙성과
> 정을 거치기 때문에 …… (중략) …… 양을 많이 만들 수가 없어 늦
> 게 오시는 손님을 배려하는 차원에서 한 손님 당 두 개 이상의 케이
> 크를 제공하는 것이 불가능하오니 양해를 부탁드립니다.

사실 처음 이곳을 방문했을 때는 아이스커피나 와플을 먹었다. 그
런데 화장실에 갔던 친구가 싱글싱글 웃고 나오더니 "여기 당근
케이크 맛있대!" 하면서 당근 케이크를 시켰다.

이유인 즉, 화장실에서 당근 케이크에 대한 안내 문구를 읽었는데
'한 사람당 두 개 이상은 안 판다'는 내용이었고, 그걸 보자 당근

케이크를 꼭 먹어야겠다는 생각이 강하게 들었다는 것이다.

잠시 후, 새하얀 크림이 듬뿍 빵과 빵 사이사이에 밀도 있게 쌓여 있는 먹음직스러운 당근 케이크가 테이블 위에 놓였다.
케이크는 분명 맛있었다. 하지만 '두 개 이상 시켜먹을 정도의 기가 막힌 맛일까?'라고 묻는다면 글쎄…….
유명하니까 사람들이 많이 먹는 건지, 사람들이 많이 먹기 때문에 유명해진 건지. 결론은, 이 곳을 찾아온 사람들은 모두 당근 케이크를 먹는다는 것!
갑자기 이런 생각이 들었다.

'미래를 현재인 것처럼 말하면 미래가 현재가 된다!'

'잘 팔리는 당근 케이크'라는 미래의 소망을 현재의 시점으로 끌어당김으로써 실제로 '잘 팔리는 당근 케이크'로 만드는 기술. '얘는 정말 착한 아이에요'라고 엄마의 희망사항을 현재처럼 말하면 그 말을 들은 아이는 착한 아이처럼 행동한다. 그리고 그 행동이 반복됨으로 인해 그 아이가 정말 착한 아이가 되듯이.
내가 꿈꾸는 미래도 현재로 끌어당겨 미리 말해보면 어떨까.

be my self
webshop OPEN!!

하우스 키퍼의 인사

며칠째 여우비가 내리다 선선하고 볕 잘 드는 가을 날씨 같은 오후
가 된 터라 기분이 무척 상쾌했다. 에티오피아의 아디스아바바에
서 일정을 마친 후 체크아웃을 하려고 짐을 다 싸놓고, 벨보이를
기다리는 중이었다.
경쾌한 세 번의 똑똑똑 소리. 누군가 호텔 방문을 두드렸다.
문을 열고 나가보니 사십 대 정도 되는 하우스 키퍼가 수건과 침대
시트, 욕실용 물품 등이 담긴 카터 앞에 두 손을 모으고 서 있었다.
시력이 2.0 정도는 될 것 같은 맑은 눈에, 금방 빨래를 마친 뒤 다
림질해서 갓 쓰고 나왔음이 분명한 머릿수건과 에이프런, 아이보
리색 유니폼 때문인지 도드라진 초콜릿색 얼굴에 예쁜 미소를 품
은 채.

"고마워요."

아침 내내 아껴 담아두었던 하루의 첫 미소를 한 번에 쏟아내듯 환
히 웃는 그녀에게 난 이유를 찾지 못한 눈으로 멍하니 그녀를 바라
보았다.

"팁, 고마워요."

그녀는 한 마디를 더 보태어 내게 말했다.
그제서야 생각이 났다. 체크아웃하는 날이라 지갑에 있던 1달러와 25센트짜리 예닐곱 개를 다 털어 베개 위에 올려놓았던 것이.
에티오피아 환율이 1달러에 15비르 정도이고, 300밀리리터 콜라 한 병 가격이 4비르, 고등학교를 나온 직장인은 한 달에 800비르 정도를 번다고 하니 2달러가 넘는 팁을 받고선 손님을 그냥 보낼 수 없었나보다.
나는 아무 말 하지 않고 그녀를 향해 환하게 웃어주었다. 몇 초 사이에 복도의 공기가 따뜻해졌다.
버석거리듯 갈라진 그녀의 손톱 끝, 잠시 햇빛이 우리 둘 사이를 비집고 들어올 때 더 도드라져 보이던 눈가의 주름살, 하루 종일 서 있거나 걸어야 했을 그녀의 고단한 발이 따뜻한 공기에 녹아내렸다.

여러 나라를 여행하다보면 문화적 차이를 실감하게 되는 경우가
많은데, 그 중 팁 문화는 내겐 꽤나 고민되는 문제였다. 전압이나
환율 등의 정보는 인터넷에서 쉽게 주워 담을 수 있지만 팁 문화가
있느냐 없느냐부터 얼마를 어떻게 줘야 하는지는 매번 풀리지 않
는 숙제처럼 느껴진다.

어느 날, 친구가 어느 레스토랑에서 사람들과 100달러어치의 밥을
먹고, 친절하게 서빙을 하던 웨이트리스에게 왠지 마음이 가 50달
러나 팁을 주었다고 한다.
음식값을 지불하고 나가던 그를 그녀가 붙잡더니 "오늘 꼭 갚아야
하는 돈이 있었는데 이 돈으로 정확히 맞출 수 있었다"며 고맙다
는 인사를 몇 번이나 했다고 한다.
팁이란 그런 것이라고 했다. 힘들고 지친 한 사람의 하루를 바꿔놓
을 수도 있는 선한 돈. 그건 서프라이즈 파티에서 받는 어떤 선물
보다도 더 강력한 기쁨을 주는 것일지도 모른다는 생각이 들었다.

여행을 편하게 하려면 나만의 규칙을 만들어 그 안에 나의 여행습관들을 적응시켜놓아야 한다. 나는 근사하게 50달러의 팁을 줄 정도로 부유한 여행자는 아니지만 1달러가 100달러 이상의 값어치를 하는 곳에서는 후하게 팁을 내기로 했다. 아프리카의 케냐에서도 그랬고, 에티오피아, 쿠바에서도 그랬다. 작은 마을의 식당, 인력거 할아버지, 작은 호텔의 벨보이 아저씨, 노점에서 과일을 파는 할머니, 손님이 하나도 없어 우울해 보이던 동네 카페.

그들의 삶에 잠시나마 작은 행복을 가져다줄 수 있다면 선한 돈을 마음껏 쓰기로 한다.

모든 건
생각하기
나름이다

아주 아주 어렸을 때 친척집에 가면
어른들이 식사를 하시고 난 뒤,
여자들과 아이들이 상을 이어받아 밥을 먹었다.

리더 사자가 사냥감을 잡아오면,
리더가 먼저 먹고 난 뒤에 나머지 사자들에게 차례가 돌아간다.

밥을 먹는 순서가 정해진 서열 순서고,
그것이 깨지는 순간 전쟁이 시작된다.

토요일 9시.
아빠와 엄마가 먼저 아침 식사를 하시고,
우리 강아지 쫑이가 뒤를 이어 밥을 먹었다.

느릿느릿 늑장 피우다 11시에 식탁 앞에 앉은 나에게
엄마가 쫑이를 가리키며 이렇게 말하셨다.
"안 그래도 지가 서열이 제일 높은 줄 아는데
너가 제일 아침을 늦게 먹으니
자기가 너보다 위라고 생각하겠다."

난 단박에 일어나 쫑이 앞으로 가서
눈싸움에서 밀리지 않을 기세로 두 눈을 똑바로 뜨고 이렇게 말했다.

"난 지금 아침을 너보다 늦게 먹는 게 아니라
점심을 너보다 일찍 먹는 거야.
내가 너보다 서열이 위라고."

꿈뻑꿈뻑 눈을 뜨고 있던 쫑이가
고개를 벽으로 돌리고 참회하는 포즈를 취하는 걸로 봐선
내 말을 알아들은 모양이다.
전쟁은 일어나지 않았고
나는 아빠, 엄마에 이은 서열 3위를 유지하게 됐다.

내가 상황을 어떤 식으로 보느냐에 따라 결과는 다르다.
모든 건 생각하기 나름이고
생각을 바꾸면 전혀 불행하지 않다.

쌓여 있는 짐은
말 그대로 짐일 뿐

나는 이사하는 걸 무척 좋아한다.

부지런히 발품을 팔아 집을 보러 다니고,

마음에 드는 집이 나타나면 집주인과 가격을 협상하고,

쓸데없이 한동안 불어나기만한 짐들을 정리하고

이사를 하는 걸로 마무리되는 일련의 작업들은

고된 머리싸움과 노동력을 동시에 요구하기에

내겐 일종의 게임과도 같다.

하지만 내게 이사를 한다는 건

집을 옮긴다는 하드웨어적인 변화보다는

집 안에 채워져 있던 소프트웨어들의 변화가 생긴다는 점에서

더 중요한 의미를 준다.

미국에 잠시 머물던 시절, 집을 옮길수록

오히려 짐의 양이 줄어드는 편리함을 맛본 적이 있다.

침대, 책상 등은 새로 들어오는 사람에게 팔아버리고,

나도 새 집에 들어가며 전 주인이 쓰던 걸 그대로 구입했다.

상황에 따라 집을 옮기는 경우가 많았기 때문에
언제나 이사하기 편하도록 단출함을 유지해야 했고,
짐을 쌓아두지 않는 건 미국에서 배우게 된 좋은 습관 중 하나였다.
어렸을 때는 '이것도 언젠가 필요할 수 있다'는
예비주의 원칙에 따라 일단 한 번 내 손에 들어온 건
절대 버리지 않았다.
내 방은 마치 정리 안 된 창고 같았고,
학생증부터 고등학교 때 모의고사 성적표,
심지어 처음 받은 월급 명세표까지 어디엔가 고스란히
모셔두었을 정도다. 내 삶을 한 눈에 볼 수 있는 중요한 것들이라
버리기 아쉽다는 이유로
나는 불필요한 짐들을 창고에 가득 쟁여놓은 채 살았다.

생각해보니 그간 바보처럼 추억이라 믿고
껴안고 살았던 게 너무 많았다.
언젠가는 필요할 것이라고 생각하고 간직해오던 것들.
몇 년간 입지 않은 옷,
몇 년간 들춰보지 않은 물건들,
앞으로도 사용할 일이 한 번 있을까 말까 한 물건들,
머리 위에 이고 살던 유통기한 지난 추억들…….

모조리 갖다 버려야겠다.

쏨땀의 추억

"태국은 두 계절밖에 없어. Hot과 Hottest."

태국 친구 마리가 눈을 동그랗게 뜨고 말했다.

봄, 여름, 가을, 겨울 사계절로 나뉘던지, 우기와 건기로 나뉘는 건 들어봤지만 Hot과 Hottest로 계절이 나뉜다는 애기를 듣자 웃음부터 났다.

1년 365일 뜨거운 나라에 살다보니 더운 게 지겨워질 만도 하지. 그 더위로부터 해방되어 보겠다고 한국에 처음 왔던 지난 겨울, 온 몸을 털옷으로 꽁꽁 싸매고도 바들바들 떨다가 실내로 들어가기만 하면 꾸벅꾸벅 졸던 마리의 모습이 떠올라 한참을 웃었다.

Hot한 계절에 다시 찾은 방콕.

그날은 살이 바작바작 타들어갈 정도로 햇살이 맹렬하게 피부 속까지 투과되고 있었고, 행여 태양빛에 피부가 데일까봐 나는 긴 셔츠에 긴 바지를 입고 방콕의 최대 쇼핑공간인 시암센터 쪽으로 걸어갔다. 시암센터 맞은편에 있는 유명 쏨땀집에 가기 위해서였다. 그린 파파야의 껍질 안쪽을 무처럼 채를 썰어 잘게 썬 고추와 생선 간장인 '남쁠라'와 함께 버무려내는 '쏨땀'은 내가 세상에서 제일 좋아하는 태국 음식이다.

몇 년 전, 처음 쏨땀에 눈을 떴을 때 이 쏨땀집에 자주 왔는데 30분이나 넘게 줄을 서서 기다려 혼자 쏨땀과 음료수를 시켜 먹곤 했다. 외국인 혼자 음식을 먹는 모습이 흔하지 않은 광경이기도 하지만 주문을 받은 사람이 계속해서 나를 힐끔힐끔 주시하는 게 신경 쓰였다. 이상하다 싶을 정도로 사람들도 나를 뚫어지게 쳐다봤지만 별로 개의치 않고 오직, 쏨땀을 먹는 데만 열중했다.

나중에 마리로부터 사람들이 나를 쳐다볼 수밖에 없던 이유를 듣고는 박장대소를 했다. 쏨땀은 서양식으로는 샐러드고, 태국식으로는 반찬이고, 한국식으로는 김치 정도인 음식이라는 것이다. 외국인이 한국 식당에 들어와서 김치를 주문해 음료수와 김치만 진지하게 먹고 있는 모습을 상상만 해도 웃음이 나는데, 나름 한류 열풍지인 한국에서 여행와서는 완전히 이상한 사람으로 보인 것 같아 얼굴이 화끈거렸다.

재미있는 건 그 사실을 알고서도 나는 여전히 음식점에 가면 쏨땀
만 주문한다는 것. 그것만 시켜먹을 때 내게 발사되는 주위 태국인
들의 황당한 시선을 즐기며 혼자 낄낄댈 수 있어서 좋고, 기름진 고
기류 음식이나 다이얼 비누 같은 고수향이 코를 찌르는 음식 대신
몸에 좋은 야채로만 배를 채울 수 있으니 더욱 좋다. 무엇보다도
쏨땀이 다른 사람들에게 어떤 의미인지 나에게는 중요하지 않으니
까.

그들이 보기엔 다소 어설프고 우스꽝스러운 모습이라해도 그것이
나에게 주는 의미와 내가 그로 인해 받는 기쁨, 이렇게 곳곳에 만
들어놓은 소소한 재미들이 내 삶을 조금 더 특별하고 의미 있게 만
들어주는 건빵 속 별사탕이 될 것을 알기에.

적을
내 편으로
만드는
법

사람은
누가 자기를 좋아하는 건 잘 모를 수 있어도
누가 자기를 싫어하는 건 단박에 안다고 한다.

왜 좋아하는 건 티가 잘 안 나고
싫어하는 건 티가 잘 나는 걸까?
좋아하는 건 마음으로 해서 그렇고
싫어하는 건 행동으로 나와서 그런 걸까?

싫은 표정, 싫은 제스처, 싫은 반응.

한 친구가 적을 내 편으로 만드는 법에 대해 얘기했다.
"난 어떤 사람이 나를 미워하는 게 눈에 보이기 시작하면
그때부터 완전 잘해줘.
그 사람이 어떻게 반응하는지를 보는 게 너무 재밌거든.
처음에는 쟤 뭐야? 이러면서 더 반항하다가,
다음에는 혼란스러워 하다가
그래도 내가 여전히 잘해주면 그거에 반응하기 시작하거든.
그 변화를 보는 게 아주 재미있어.
사람의 변화는 상당히 찰나적인데,
그 순간의 변화를 보는 게 굉장히 흥미로워."

역시 인생은 밋밋한 것보다 변화무쌍한 게 더 좋다.

반전

숲 사이로 스며든 햇살 아래 반짝이는 푸른 잎들,
천연덕스럽게 고개를 들고 있는 핫핑크의 꽃망울들.
촉촉한 대지에 정열적으로 내려앉은 빨간 꽃잎들의
쾌활한 왈츠가 5월의 장미를 시샘하듯 눈가를 간질이고,
달콤한 향기를 내뿜으며 한 걸음씩 걸어오라고
지나가는 이들을 유혹한다.

말하지 않았으면 몰랐을 것을,
가보지 않았으면 몰랐을 것을.
온 마음을 환히 밝히던 꽃길은 매서운 바람이 얼굴을 가르던
눈 내리는 겨울의 제주, 그 안의 겨울꽃 동백길.

찬란해 보이는 삶은 그렇게 보이는 것일 뿐이다.

때로는
답이 먼저 온다

머리를 자르러 미용실에 갔다.
내가 애용하는 단골 헤어숍은
강북의 어느 동네 골목길 언저리에 위치해 있다.

긴 머리를 질끈 묶은 주근깨 많은 쌩얼의 미용실 주인은
겉모습만 봐서는 전혀 연상이 안 되는
휘황찬란한 스펙트럼의 이력을 지닌 인물이다.
그녀는 강남에 있는 큰 헤어숍에서 꽤 인정받으며 일하다가
어떤 이유에서인지 동네에 작은 미용실을 차려
꼬마 손님과 중고생, 동네 아줌마들의 머리를 책임지고 있다.
언니는 평소에는 말이 없지만 가끔 자신의 옛 얘기를
앞뒤 가리지 않고 쏟아내는 때가 있는데
그날이 바로 그날이었다.

"1인자의 자리에서 물러나 2인자가 된다는 거.
단순히 생각하면 억울하고 분하고 뭔가 많이 뺏긴 것 같지만
그렇지도 않아. 2인자가 된다는 거, 알고 보면 좋은 거야.
1인자는 항상 뒤에서 쫓아오는 누군가 때문에 불안하지만
2인자는 자기가 하고 싶은 거 다하면서 여유를 부릴 수 있거든.

NO
BOATING
NO
BOATING

맨 위에 있는 그 사람은

자기가 지금 갖고 있는 게 최고라고 믿기 때문에

현재 이후를 생각하거나 준비하지 못해.

하지만 1인자의 뒤에 있는 사람은 앞 사람을 살펴보기도 하고

자신의 현재를 보면서 미래를 준비할 수 있지.

길게 보면 뒤에 있는 사람이 이기는 거야.

인생은 결코 짧지 않아."

우문현답이란 게 이런 건가?

이유도 없이 뭔가 답답해 기분전환이나

해볼까 싶어 머리를 하러 갔는데

나는 인생의 퍼즐 중 한 조각의 답을 얻었다.

아니, 질문조차 던지지 않았는데,

아니, 질문이 뭔지조차 모르고 있었는데

누군가에게서 명쾌한 답이 나왔다.

답을 듣는 순간,

내가 그토록 골똘히 생각하던 질문이 무엇이었는지를 알게 되었다.

헤밍웨이,
아바나
그리고 너

"My mojito in La Bodeguita, my daiquiri in El Floridita."

럼 베이스의 칵테일 모히토와 다이키리를 사랑한 헤밍웨이.
나는 헤밍웨이가 모히토를 즐겨 마셨다는 '라 보데기타'에 가보기
위해 그가 밟았을 자취를 따라가며 아바나 거리를 헤매고 있었다.
아바나라는 도시는 몸치에 가까운 나조차 사로잡아 휘두르듯 강한
리듬감이 편재해 있어 내 발걸음을 뒤틀리게 했다.

밝은 오렌지 핑크색의 단정하고 깔끔한 호텔이 골목 사거리에 빼
꼼히 얼굴을 내밀기 시작하고, 누가 봐도 여지없이 관광객으로 보
이는 사람들이 호텔을 배경으로 사진을 찍는 걸 보면 이곳은 헤밍
웨이가 《누구를 위하여 종은 울리나》를 쓰기 위해 머물던 암보스
문도스 호텔임에 분명했다. 한 눈 팔다 엄마를 시야에서 놓친 아이
가 엄마를 다시 찾았을 때 같은 안도감이 몰려왔다.

호텔을 중심으로 마음이 닿는 대로 걸음을 옮겼다. 저물어가는 해의 자취를 찾아가듯, 고단한 글쓰기 이후 밀려오는 허탈감과 해방감을 위로하기 위해 헤밍웨이가 그림자를 지르밟고 걸었을 법한 길. 해가 지면 자동적으로 찾아가던 '엘 플로리디타'. 그리고 그 옆에 숨어서 빛을 발하는 '라 보데기타'.
빙고!

라 보데기타 앞에서는 프랑스인지, 캐나다인지 국적을 알 수 없는 사진 촬영팀이 모델과 함께 촬영준비를 하고 있었다. 케이트 모스를 닮은 모델은 내 눈길을 단 번에 끌었다. 카메라를 꺼내드는 나와 모델의 시선이 합쳐지고, 내 카메라의 시선을 그녀가 자꾸 따라왔다. 나와 카메라 놀이를 하듯 그녀는 내 시선에 계속해서 반응했다.
낯선 이국땅 쿠바의 아바나의 한 좁은 골목길에서 시선을 마주하고 있는 동양인 여자와 서양인 모델.

〈부에나 비스타 소셜 클럽〉에서 듣던 음악이 라 보데기타에서 흘
러나오고, 촬영장면을 구경하는 사람들의 복작이는 소리가 오버랩
되고, 카테드랄 옆 작은 골목은 단숨에 영화의 한 장면으로 바뀐다.
분주하게 노출을 재며 조명을 체크하는 스태프들, 그녀의 얼굴을
매만지며 스타일을 잡아주는 메이크업 아티스트, 골목 안에 사진
의 배경으로 배치되는 50년 이상된 구형 자동차, 구경꾼들을 통제
하는 스태프들의 고함소리.
그 모든 것들 가운데 그녀와 나만이 그 공간에 존재하는 것 같은
기분에 사로잡혔다.

촬영이 시작되자, 나에게 반응하던 그녀의 시선이 금세 다른 곳으
로 이동했다. 이 모든 장면에서 갑자기 철저하게 소외된 것 같은
느낌. 짧지만 강렬했던 그녀와의 조우가 섬광처럼 사라지는 순간,
나는 불현듯 외로워졌다.

3

내가 가장 빛나던 순간

내가 가장 빛나던 순간

마음에도 무게가 있는 걸까?

저주에서 풀려나 자신의 심장을 되찾은 하울이
바닥에 누운 채로 물었다.
"왜 이렇게 몸이 무겁지?"
그를 사랑하게 된 소피가 따뜻한 눈으로 말했다.
"원래 마음은 무거운 거야."

그래서 사랑하는 사람에게 마음을 다 주고나면
기쁘고 행복하면서도 그만큼 가슴이 헛헛한가보다.
사랑이 끝나고 미어지는 고통이 찾아오는 것도
잃었던 마음이 다시 제자리를 잡으면서 느껴지는
중량감이 아닐까.

짝사랑은
시작부터
이별이다

사랑은 양방통행이고
이별은 일방통행이다.

그래서 일방통행인 짝사랑은
이별과도 같다.

짝사랑은 시작부터 이별이다.

이 치명적인
긍정적 사고

항상 내 이름을 부르던 녀석이

어느 날 갑자기 '누나'라는 단어를 써서 내게 문자를 보내왔다.

옆에 있던 내 친구는 "너랑 누나 동생의 관계로 둘의 사이를

규정짓겠다는 액션 아니겠니"라며 심드렁하게 말한다.

"무심코 썼을 수도 있잖아. 아무 생각 없이."

대꾸하는 내 맘 속에 이상하게도 서운함이 맴돌았다.

"남잔 단순해. 이승기가 왜 누나는 내 여자라면서

'너'라고 부른다고 했겠냐.

좋아하는 누나한텐, 남잔 죽어도 누나라고 안 불러."

"그럴까? 정말 그럴까?"

하지만 아무리 생각해도 난 이렇게 밖에 생각할 수 없었다.

녀석은 우리 둘 관계를 명확히 하기 위해 날 떠보는 중이고,

용의주도하게 '누나'라는 단어를 넣어 내 반응을 살피는 것이다.

그 말은 확실히 내게 뭔가 어필하고 싶다는

어떤 의지의 표현이라는 것!

친구는 나를 빤히 쳐다보더니 고개를 저었다.

음…….

나는 드라마를 너무 많이 봤거나, 혹은 너무 치명적으로 긍정적이다.

『여행은
　고백이다』

"고백해야 하는 걸까요?"

뉴욕에서 필라델피아로 가는 그레이하운드 버스 안에서
나는 옆자리에 앉은 라틴계 부인과 얘기를 나누는 중이었다.
버스에서 처음 만난 사이이자,
버스에서 내리고 나면 평생 만날 일 없는 인연.
가끔 이렇게 여행지에서 만난 외국인에게
마음을 털어놓는 일이 생긴다.

"해서는 안 되는 사랑과 해봐도 안 되는 사랑이 아니라면
한 번 해봐요. 끝까지 가봐요."

내 눈을 깊게 들여다보던 그녀는
내게 이 말을 해주고는 곧 잠이 들어버렸다.
몇 달을 고민할 정도로 내게 중요했던 문제가
무게감을 잃고 날아가 버린 순간.
내게도 잠이 몰려왔다.

비포 선라이즈

before sunrise

영화 〈비포 선라이즈〉에서 셀린느와 제시는
여행길에서 우연히 만나 이야기를 나누는 하룻밤 사이에
서로에 대해 감정을 느끼게 되고 사랑에 빠진다.
낯선 곳에서의 운명적 만남,
아침 해가 뜨기 전까지 둘이 돌아다녔던
비엔나의 아름다운 장소들.
이들에게 비엔나라는 도시는 어떻게 기억될까.
다시 한 번 가보고 싶은, 그런 장소로 남았을까.

"내가 제일 후회하는 게 뭔 줄 알아?
제일 가보고 싶었던 도시들을 여자 친구와 함께 여행한 거야."

캐나다에서 알게 된 프리랜서 작가 톰은 여행을 참 좋아했는데
생각하는 것도, 문학적 감성도, 상당히 동양적인
신기한 사람이었다.
산딸기 맥주와 블루베리 맥주를 파는 다운타운의 펍에서
그는 혼자서 여행하지 않은 일련의 시간들을
다 지워버리고 싶다고 성토했다.

“프라하, 상파울로, 부에노스아이레스……
평생에 한 번 발을 디뎌보는 것도 어려운 도시를
그녀와 함께 머물렀다는 이유로
완전히 내 마음속에서 버려야 하는 거지.
그녀와 헤어진 후 그곳에서 찍었던 모든 사진을 다 지워버려야 했어.
그 기억에 다가가지 않으려고 노력했으니까.
이제 가고 싶어도 다시는 그곳에 가지 못할 테고.
우리가 함께한 시간과 공간들이 추억도, 기억도 아닌,
그저 빛바랜 흔적으로 남아 나를 아프게 하는 게 너무 싫어.”

여행지를 포개 안은 사랑의 기억은 그렇게 지워버리면 그만이지만
평생 다시는 그곳에 가지 않으면 그만이지만
이렇게 한 공간에 남겨진 채 살아가는 수많은 이별들을
사람들은 어떻게 지워내며 견뎌낼 수 있는 걸까.
흔적들이 남아 있는 같은 공간에서
어떻게 의연하게 살아갈 수 있는 걸까.

나는 이렇게 힘이 드는데 나를 제외한 모든 사람들은
어쩜 이렇게 의연하게 살아가는지.
그들은 어떤 강심장을 가지고 있기에.

사랑니

마지막 사랑니를 뺐다.

가끔 통증이 있었지만 천덕꾸러기 노릇하던 4개의 사랑니 중 마지막 하나라 죽을 때까지 남겨두고 싶었다. 하지만 이틀 전부터 심하게 부어오르는 바람에 결국 병원에 갔다.

따끔한 마취주사를 맞은 후, "발치합니다"라는 의사의 말과 함께 이빨이 뽑혀져 나왔다. 3년 전, 세 번째 사랑니를 뽑고 난 뒤 두 달을 앓았는데, 어찌된 일인지 이 마지막 발치는 정확히 3시간 후 마취가 풀리자 하나도 아프지 않았다.

사랑을 발치한 후, 심하게 앓은 적이 있는 사람에겐 그 다음 사랑은 가볍고, 이전보다는 쉽게 지나가겠지. 그리고 언제 그랬냐는 듯 새살이 돋아나겠지.

내 마지막 사랑니, 그리고 욱신거리던 모든 사랑이여 안녕.

당신의 애인은
안녕하십니까

당신의 애인은
안녕하십니까

"헤어지려고 만난 날에 자꾸 잘해주는 걸 어떻게 해요."
헤어지는 타이밍을 잡지 못해
계속해서 남자 친구와 만나고 있는 그녀.

"겨울에 외로운 건 싫으니까 봄 되면 헤어질까 해."
유독 겨울을 잘 타기 때문에
겨울에 헤어지는 건 극약처분이라는 그.

"결혼상대로 적당해서 일단 '킵'해두려고."
두 사람 사이를 오가며 애인과는 연애를 즐기고
결혼할 수도 있는 그와는 적당히 관계를 유지한다는 그녀.

"헤어진 여친 전화번호를 실수로 잘못 눌렀지 뭐야."
헤어진 여자 친구에게 전화를 잘못 거는 바람에
다시 만나 잠시 사귀었다는 그.

"2% 부족하긴 한데, 딱히 뭐라고 흠잡을 건 없어서."
나쁘지도 좋지도 않은 어정쩡한 상태라서
조금 더 지켜본 후 결정하겠다는 안전지향주의자 그.

"나 없으면 죽는다는데, 헤어지자고 했다가 죽으면 어떻게 해."
이별을 고하면 자기 때문에 죽을지도 몰라
그가 지쳐 스스로 떠날 때까지 기다리겠다는 박애주의자 그녀.

어떤 그녀들과 그들은 연애를 하고 있는 게 아니라,
'연애'라는 타이틀로 누군가를 만나고 있는 자신을
사랑하고 있는지도 모른다.

...PAST
PRESENT
FUTURE...

바보

"날 사랑하니?"라고 물었지.
"그걸 꼭 말로 해야 아니?"라고 네가 말했어.

바보야!
그건 말해도 모르는 거야.
그건 아무리 말해줘도 모르는 거야.

시애틀의
잠 못 이루는 밤

내가 시애틀로 가게 된 이유는 단순했다.

〈시애틀의 잠 못 이루는 밤〉이라는 영화 속의 도시는

한 번도 가보지 않았지만

몇 달을 머물다 떠나온 여행지처럼 익숙했고,

너바나의 커트 코베인이 사는 도시였기에

나는 한 번도 발을 디뎌보지 못한 그 도시에

온 마음이 이미 흡입될 수밖에 없었다.

우산을 써야 할지, 말아야 할지 고민하게 만드는

스프레이를 뿌리듯 흩날리는 비,

골목길 카페에서 풍겨져 나오는 시나몬 티의 매캐한 달콤함,

눈이 오는 바람에 임시휴교일이 된 어느 화요일의 하얀 정적,

제과제빵학과 학생들의 습작을 저렴한 가격에 팔았던 대학교 카페,

중고서점의 쇼윈도에 배를 드러내고

누워버린 고양이의 나른한 기지개,

자전거 페달소리와 거위들의 숨소리가

묘한 하모니를 이루었던 그린 레이크,

누런색 종이 봉지로 감아 싼 술병째로

길거리에서 마시는 유쾌한 젊음,

입장료 4.5달러면 갖가지 피자를 맘껏 먹을 수 있는

피자집의 고소한 향기,

구경하는 것만으로도 놀이동산에 온 것 같은
명랑함을 주는 집 앞 그라지 세일,
지금은 커피계의 전설이 되어버린 스타벅스…….

시애틀에 머물면서 좋아하게 된 수많은 것들을 다 나열해도
그곳을 처음으로 동경하게 만든
〈시애틀의 잠 못 이루는 밤〉과 커트 코베인을 이길 수는 없다.

내가 그를 선택했던 이유도 그런 이유였다.
그의 삶에 한 번도 발 디뎌본 적 없었지만
'그'라는 도시는 이미 처음부터 내게 익숙한 도시였다.
꽁꽁 닫아놓은 그의 마음 사이로 나 있는 작은 오솔길,
잔잔한 불이 켜진 골목 어귀 카페의
에스프레소처럼 쓰고 깊은 눈빛,
바람만 불면 금방 기울어 버릴 것 같은
쓸쓸한 전봇대를 닮은 뒷모습…….
그의 도시에 머물면서 추억이 된 것들은 많았지만
처음 내 마음을 흔들어놓았던 순간보다 더 큰 이유를 주지는 못했다.
그 도시에서 빠져나오면 그곳에서 있었던 일들을
모두 잊을 수 있을 거라 생각했다.
시애틀을 가보기 전에 시애틀을 훨씬 더 사랑했고

PLEASE DO NOT
TAP ON THE
GLASS
LOVE
PLEASE
DON'T TOUCH
THE GLASS
NO REST ROOM
HERE
FOR ANYONE
ANYTIME
SORRY

떠나오면서 그곳에서의 기억은 추억의 폴더에
분리수거해버렸으므로.

현빈과 탕웨이 주연의 〈만추〉를 보던 날,
다시는 꺼내볼 일이 없을 거라 굳게 믿었던
시애틀에서의 모든 기억이 또렷이 되살아났다.

그는 그 도시를 처음부터 사랑했던 여행자를 기억하고 있을까.
시애틀은 나를 기억하고 있을까.
난 이렇게 여전히 진동하고 있는데.

4

나도 모르게 눈물이 나

네 마음,
흘리고
다니지 말아줘

너는 언제나 무언가를 흘리고 다녔다.
카페에 앉았다 일어서는 너는
폭풍우 속에서도 꺼지지 않는다는 자랑스러운 라이터를
카페에 두고 가버렸다.
전철을 타고 내릴 때면 선반 위에 둔 물건을 잊어버린 채 내렸다.
극장에서 나올 때면 좌석 옆에 우산을 버려둔 채 일어섰고,
자판기 커피를 뽑아 마실 땐 동전반환 버튼 누르는 걸 잊고 돌아섰다.

네가 흘리고 다니는 물건들을 주워들며 나는 늘 잔소리를 했지만
사실은 어수룩한 네가 좋았고
그 빈틈을 내가 채워줄 수 있다는 게 기뻤다.

그렇게 네 뒤를 따라다니다
네가 흘리는 마음도 주워 담았다.
가끔은 벅찰 정도로 무겁고, 때론 서운할 정도로 가벼운
너의 그 마음들을 주워 담았다.

네가 흘리고 다닌 마음의 무게에
다리가 휘청거릴 만큼 무거워져
내가 더 이상 발걸음을 뗄 수조차 없게 되었을 때
너는 나를 떠난다고 했다.

네가 흘려놓은 마음을 한 팔 가득 안고 있던 나는
마지막으로 너를 안아줄 수도,
이별의 악수조차 나눌 수 없었다.
내가 붙잡고 있던 너의 마음을 놓아버릴 수 없었으니까.

이별은
마음이 맞지 않아도
할 수 있기에

사랑은 그와 그녀의 마음이 맞아야 할 수 있지만

이별은 그와 그녀의 마음이 맞지 않아도 할 수 있다.

이별의 방법

열흘이 넘는 중거리 여행을 갈 때면
버리고 올 물건들을 챙겨서 간다.
목이 늘어나버린 티셔츠,
읽고 버려도 되는 소설책,
밑창이 다 닳아버린 운동화,
잉크가 거의 바닥난 색깔 펜,
그리고 버려야만 하는, 의미가 담겨 있는 소소한 물건들까지.

한 번 쓰기 시작한 물건은
심하다 싶을 정도로 열심히 애용하는 터라
수명이 다했다는 사인을 몇 번이나 확인하고 나서야
안녕을 고한다.

w closet WEARS INC.

일정한 시간 동안 애정을 쏟은 물건들과 이별을 하기에는
여행지만큼 좋은 장소가 없다.
여행기간 동안 마지막으로 잘 입고, 신고, 쓰고, 갖고 있다가
서울로 돌아오는 날 아침, 짐을 챙긴 뒤 숙소에 놓고 나오면
그것으로 인연이 정리되기 때문이다.

빛바랜 의미가 있는 물건들도 마찬가지.
선물을 건네준 상대방의 마음을 최대한으로 배려하며,
적어도 내 손으로 직접 처리하며 불편한 마음을 겪지 않아도 되니까.

어디에, 어떻게 버려야 할지 고민하지 않아도 되고,
한동안 내 삶에 기쁨을 주었던 물건들을
홀대하듯 쓰레기통에 넣지 않아도 되니까.
그렇게 이별하지 않아도 되니까.

내 취미는 펜 모으기다.
어렸을 때부터 예쁜 색의 펜을 찾아 사는 게 즐거움이자
재미였다. 여러 나라를 여행하는 게 좋은 이유도
다양한 모양과 색깔의 펜들을 구할 수 있기 때문.
겉으로 보기에는 비슷해 보이지만
0.3, 0.35, 0.5, 0.7밀리미터 등 펜 심의 굵기도 제각각.

뮤 그다지 중요하지 않은 듯하지만
수성펜, 네임펜, 유성펜, 형광펜, 로트링펜, 펄펜, 볼펜……
이름도 다르고, 컬러와 분위기도 각각 다르다.
심지어 향이 나는 펜도 있다.

우리 모두는 이렇게 각각 다른 개성을 타고 났기에
사랑의 느낌도, 표현도, 향기마저도 다른 것 같다.

빛나는 사랑이 있는가 하면,

깊숙이 스며드는 사랑도 있고,

보일락 말락 하는 사랑도 있고,

상큼한 사랑도 있고,

오렌지 컬러처럼 따뜻한 사랑도 있고,

번지는 사랑도 있고,

뚜렷한 자국을 남기는 사랑도 있고,

굳어버려 잘 써지지 않는 사랑도 있고,

굳이 쓰지 않아도…… 벅찬, 사랑도 있다.

타이밍

후회는 아무리 빨라도 늦은 것.

고백은 아무리 늦어도 빠른 것.

꽃샘추위

내 인생에 봄이 온 줄 알았다.

벚꽃처럼 소박하지만 찬란하게 빛날 봄이 찾아온 줄 알았다.

그런데 불현듯 다시 겨울이 찾아왔다.

잠깐 동안의 봄햇살에 무심코 마음을 놓아버린 나는

다시 찾아온 차디찬 바람에 더 빨리 지쳐간다.

하지만 이건 꽃샘추위일 뿐,

봄은 이미 내 곁에 와 있다고 마음속으로 계속 되뇌인다.

이것이 지나가면 봄이 온다고.

이것만 지나가면 봄이 온다고.

찬란한 봄이 온다고.

MENIER

CHOCOLAT
LANVIN
A CROQUER
LANVIN

친구

참 따뜻한 단어이기도 하지만

참 매정한 단어이기도 하다.

특히 내가 사랑하는 네가 나를 지칭할 때 쓰는 그 단어는.

에게해의 낚싯배

그리스 산토리니 섬, 크레타 섬과 닿아 있는 에게해를 보기 전에
터키의 휴양도시 쿠샤다스에서 에게해를 만나게 된 건 어찌 보면
다행스러운 일이었다. 어느 갈증해소 음료의 광고에서나 볼 수 있
는 흰색 회벽과 파란색 지붕으로 가득한 집들이 절벽 위에 옹기종
기 모여 있는 산토리니섬. 잉크처럼 파란 바다에 퐁듀처럼 빠져 있
는 산토리니를 콕 찍어 감탄하며 음미하고 나면 다소 잔잔하고 클
래식한 터키의 에게해에 가보고 싶은 생각이 전혀 들지 않았을 테
니 말이다.

드라마에도 위기가 있고 클라이맥스가 있듯이, 여행에도 적절히 클라이맥스를 배치해놓아야 여행에 지루해지거나, 혹은 하루 종일 흥분상태로 머물러 있지 않게 된다. 미술관에서 포인트가 되는 중요한 작품들을 바로 이웃사촌처럼 일렬로 걸어놓지 않는 이유와도 같다. 하루 종일 발품을 팔아 좋은 것만 찾아 돌아다녀봤자 다 소화하지도 못한다. B^-와 C^+, A^-로 예상되는 여행 경로를 적절히 배치시켜서 강약을 조절하면서 여행을 하는 게 모두가 입을 모아 극찬하는 100점짜리 여행 스팟을 몇 군데 휘리릭, 다녀오는 것보다 훨씬 값지다는 걸 알기에 100점 만점으로 예상되는 산토리니의 에게해는 나중으로 미루고 70점 정도로 예상되는 터키의 에게해에 일단 발을 담가 보는 것으로 워밍업을 했다.

내 눈앞에 펼쳐진 에게해는 다소 소박하고 클래식했다. 나는 태양이 짙은 바다에 서서히 젖어가는 걸 한참동안이나 눈을 떼지 못하고 바라보았다.

지구의 어느 곳을 가든 내가 바라보는 태양은 하나일 텐데 왜 에게해에서 바라보는 태양이 더 찬란한 건지. 에게해의 수평선 너머로 잠수하는 태양은 왜 그토록 강렬한 붉은색의 휘장을 날리며 사라지는 건지. 짧은 생각이 바람을 따라 표류했다.

그렇게 지구를 돌아오다보면 그에게서 잠시 도망칠 수 있을 줄 알았다. 하지만 모든 생각들은 에게해를 건너, 대서양을 건너, 태평양을 건너 결국 그에게로 돌아갔다. 시선을 반대로 돌려 봤지만 생각들은 지중해를 건너, 인도양을 건너, 태평양을 건너 또 다시 그

에게로 돌아갔다. 계속 생각이 흘러서 내 마음과는 다르게 자꾸만 그곳으로 흘러갔다.

그물을 걷어 올리듯 내 생각을 잡아채 올려보지만, 죽도록 안간힘을 써보지만 내 의지와는 다르게 한 번 내려간 바다에서 올라오지 않았다. 내 생각의 그물 안에는 너무 많이 그가 담겨 있던 걸까. 그가 했던 말, 그가 했던 행동, 그의 웃음, 그의 표정 하나하나까지도. 나는 곱씹고 곱씹고 또 곱씹게 된다. 얽히고 설켜 너무 깊게 가라앉은 그물처럼 나는 자꾸만 그를 향해 가라앉았다.

지구의 2/3바퀴를 돌아도, 반대 방향으로 1/3바퀴를 돌아도, 내 생각은 언제나 그가 있는 쪽으로 움직였다. 목적지는 늘 한 곳이었다.

낚싯배에서 어부가 그물을 걷어 올리고 있었다. 고기가 잡히지 않았는지, 그는 성큼성큼 그물을 건져 올렸다. 간혹 잡은 고기를 한 번 쳐다보더니 바다에 던져버리고 그물을 챙겨 넣었다. 아직도 올려내지 못한 내 그물은 여전히 깊은 바다 속을 표류하고 있는데……. 그는 서서히 노를 저어 어디론가 떠나고 있었다.

넌 내게

애매모호하게 정리된 인연은
애매모호한 상황에서 꼭 다시 만나게 된다.
하지만 그 자리에서 깔끔하게 정리된다. 감사하게도.

난데없이 헤어지자는 그의 말에
"왜?" "그럴 순 없어!" "그래, 이제 그만하자"며
이유를 묻거나 화를 내거나 헤어짐에 동의할 타이밍을 놓쳐버렸고,
헤어짐에 대한 이유를 알지 못한 채 혼자 고민하기를 수십 일.
나는 그에게 이미 헤어진 연인이었고
그는 나에게 시간이 흐르면 예전처럼 돌아갈 수 있는
냉전 중인 연인이었다.

해결되지 않은 채 덮어버린 수학 문제를
언젠가는 다른 문제집에서 만나 기어코 풀어야만 하듯이
애매모호하게 정리된 인연은
애매모호한 상황에서 꼭 다시 만나게 된다.

화장실에 간 여자친구의 빨간 핸드백을 들고 서 있는 그는
한껏 부풀린 머플러를 휘감고
늠름한 어깨를 뽐내려는 듯 보였지만
몸을 기하학적으로 부풀린 하키 선수처럼
그를 구성하고 있는 모든 것이 너무도 '부적절'했다.
그 속에 감추어진 좁은 어깨에 대한 연민이 일고
화장실 앞 그의 손에 들려 있던 내 배낭에 대한 기억들이
살아나자 내게 남아 있던 애매모호함이 정리되기 시작했다.

수십 일을 고민했던 애매모호함이
아이러니하게도
화장실 앞에서
깔끔하게 정리되었다.

좋아하는 건 머리로 하지만 사랑은 가슴으로 한다.
그래서 좋아하는 데는 이유가 있지만
사랑에는 이유를 붙일 수가 없다.

그를 생각할 때 머릿속이 텅 빈 것처럼
아무것도 떠오르지 않는다면 좋아하는 것이고,
그를 생각만 해도 가슴이 뚫린 것처럼 휑하다면
분명 그를 사랑하는 거다.

좋아하는 사람을 만나면 뭘 하고 놀까 계획할 수 있지만
사랑하는 사람을 만나면 아무 것도 할 수가 없다.

머리는 두통을 일으킬 뿐이지만
심장은 멎어버린다.

마음과 마음 사이

지하 1층 엘리베이터 앞.

째려본다고 빨리 올 것도 아닌데 언제나 엘리베이터 앞에 서 있으면 계기판의 숫자를 뚫어지게 쳐다보게 된다. 내 마음과는 상관없이 아파트 꼭대기를 향해 전진하고 있는 엘리베이터.

17, 18, 19.

드디어 멈췄다.

"19층입니다. 문이 닫힙니다."

난 분명 지하 1층에 서 있었는데 19층에서 난 안내방송이 내 귀에
까지 들렸다. 1층을 2미터씩만 잡더라도 38미터 위에서 조용히 낸
목소리가 내 옆에서 말하는 것처럼 똑똑하게 들리다니. 막힌 것이
없는 공간은 이렇게 소리를 잘 전해주는가 싶어 신기했다.

그와 나 사이에는 무엇이 그렇게 많이 가로막고 있었던 걸까. 서로의 마음 공간 안에 막힌 것이 없었다면 우리는 서로가 하는 이야기를 잘 알아들었을 텐데. 아무리 멀리 있어도, 아무리 떨어져 있어도 바로 옆에서 말한 것처럼 잘 알아들을 수 있었을 텐데. 좋아한다는 마음도, 곁에 있어줘서 고맙다는 감사도, 서로의 마지막이었으면 좋겠다는 바람도 둘 사이에 전달되지 못했다.

그의 마음을 들을 수 없어 나는 올라가는 엘리베이터를 탔지만 그는 나를 만나기 위해 내려오는 엘리베이터를 타고 있었다.
또 다른 엇갈림. 이번엔 자존심을 지키고 싶어 올라간 그곳에서 기다렸다. 그가 다시 엘리베이터를 타고 올라오기를 기대하면서.

멈춰 선 엘리베이터는 다시 올라오지 않았고, 나도 더 이상 내려가는 버튼을 누르지 않았다.
그것이 서로의 마지막이었다.

'파'의 위태로운 숙명

삼십 대 초반까지는 이별에 쿨하다.
까짓것 이별한다고 해도 그닥 두려울 게 없다.
오다가다 좋은 남자를 만나거나
주위 사람들을 찔러 소개팅을 하면 되고,
그때부터 다시 골라 시작해도
인생 스케줄에 별 지장이 없다는 자신이 있기 때문이다.

하지만 서른넷의 이별은 위태롭다.
어물쩍거리다 훌쩍 서른다섯이 될 것 같고,
다시 남자를 고르는 사이,
삼십 대 중반에 접어들게 될 것 같아 불안하다.
아닌 걸 알면서도 마땅한 대안이 없어 이러지도 못하고,
다른 사랑이 또 다시 찾아온다는 보장이 없어 불안하다.

"서른넷은 어떤 면에서 서른아홉과도 비슷해."
서른아홉의 그녀가 말했다.

"음악에서 보면 말야, 음이 진행할 때 자연스럽게 이끌어주는
버금딸림음이란 게 있어. 쉽게 말하면
'도'와 '솔' 사이에 있는 '파' 같은 음이야.
도는 도라는 음만으로도 무게가 잡히고
솔은 솔이라는 음만으로도 편안하게 들려.
하지만 파라는 음은 뭔가 좀 불안해.
미로 내려가던지, 아니면 솔로 올라가던지
둘 중 하나의 방향으로 가야만 비로소 음이 안정되거든.
서른넷은 그런 나이야.
서른다섯의 버금딸림음 같은 나이인 거지.
서른아홉도 마찬가지고."

서른넷의 이별이 위태로운 건 이별 자체가 위태로운 게 아니라
어쩌면 '파'라는 음이 애초부터 불안한 파장을 지닌 음으로
만들어졌듯이 서른넷이라는 숫자 자체가 위태로운 숙명을
타고난 것일 수도.
하지만 불안하게 들릴지언정 뒤에 오는 음을
안정되게 만들어주는 데 결정적인 역할을 하는 음,
서른넷은 이토록 중요한 버금딸림음이라는 사실.

Mr. Right!
당신은 지금 어디에?

"글쎄 눈을 좀 낮추라니까!"

난 정우성의 정직한 눈망울, 권상우의 도발적인 몸, 유지태의 구획정리된 차분함, 다니엘 헤니의 소복한 부드러움, 류승범의 '놈'스러운 개성, 임재범의 37.9도의 뜨거운 보컬을 갖춘 남자를 원한 게 아니다. 그냥 착하고 나랑 잘 맞는 남자. 그게 소개팅을 시켜주겠다고 할 때마다, 혹은 남자들이 내게 물어올 때마다 웅변대회에 나간 소녀처럼 당차게 부르짖은 조건이었다. 하지만 세상엔 왜 이런 남자는 없는 걸까.

"60점만 넘어도 훌륭한 사람이야."
"너무 재지 마라. 남잔 다 거기서 거기야."
"결혼하고 보면 다 애야. 다 똑같아."
"우선 만나보란 말이야. 결혼할 생각 말고 연애부터 하라구."
"머리는 심으면 돼. 딴 것만 맞으면 그냥 그 사람 잡아."

모두들 자기 경험, 주위에서 겪은 시행착오로 얻어진 나름 노하우를 뒤섞어 한 마디씩 읊어댔다. 난 사람을 외모로 판단하지 않는데 왜 나보고 눈이 높다고 하는 걸까?

"넌 너무 가리는 게 많아!"

그거였다. 가리는 게 많은 것.
내 마음에 드는 사람이 나타나는 건 로또에서 숫자 한두 개 맞추는 정도의 확률로 쉽게 벌어지는 일이었지만 문제는 그 다음 자연스럽게 작동되는 내 마음 속의 '자체심의기'였다. 문제가 벌어질 수 있는 요소들을 이것저것 다 가려내는 이 심의를 거치고 나면 그 사람이 내 남자친구 리스트에 오를 수 있는 가능성은 로또 숫자 5개를 맞춰야 하는 확률로 후다닥 떨어져버린다.

'같은 바닥 사람은 절대 안돼.'
'여자들한테 너무 잘 해주는 남자는 바람둥이야.'
'술 많이 마시는 남자는 여자를 외롭게 해.'
'딴따라나 아티스트들의 정신적 종횡무진은 절대 감당 못해.'
"'사'자 들어가는 사람들 중 제대로 된 인간은 하나도 없어.'……
이래저래 쳐내다보니 남는 사람이 없었다. 특히 난 기자라는 직업적 특성 때문에 정말 다양한 종류의 많은 사람들을 만날 수 있는 자연적 소개팅 자리가 차고 넘쳤지만 그 모든 사람들은 내 자체심의에서 꼭 한 가지씩 걸렸다. 친구들은 그걸 "눈이 높다"고 했고, 나는 "가리는 게 많다"고 했다.

언제나 한 해를 마무리하는 시기가 오면 10월부터 가슴에 품고 있던 다음 해 수첩에 '올해 하고 싶은 일'이라는 제목으로 이것저것 끼적거리는 의식을 치르는데 최근까지 그 리스트에 결혼이라는 단어는 어떤 자리에 가도 쌩뚱 맞아 보이는 위치에 놓여 있었다.

아프리카 여행하기, 선교 단체에서 봉사하기, 제인 구달의 수제자 되기, 일본어 마스터하기, 쿠바에서 춤 배우기, 책 쓰기, 스노우보드 마스터하기, 경비행기 운전하기 같은 걸 먼저하고 싶었다. 물론 이런저런 경험을 통해 나를 다듬고 깊고 넓은 그릇이 된 이후에 결혼을 하는 게 옳은 것이라는 생각도 있었지만 이대로 가다간 환갑이 넘어도 하고 싶은 일을 다 못할 것 같아 같아 내 짝을 먼저 찾고, 같이 할 수 있는 일들을 찾아보는 것도 좋겠다는 생각에 잠시 빠지기도 했다.

하지만 이 오만가지 생각들은 진짜 '임자'가 나타나는 순간, 에탄올이 휘발되듯 흔적도 없이 사라질 것이란 걸 누구나 알고 있을 거다.

두 달 전만해도 마흔을 넘기는 싱글의 비애를 토로하던 선배가 갑자기 주소를 물어보며 '축의금은 따로 봉투로 찔러줘'라는 주문을 하기도 하고, 상제리제처럼 휘황찬란한 연애경력을 자랑하던 발랄발칙녀가 암 투병하는 남자의 사랑스런 아내가 되어버리는 드라마 같은 일들이 정녕 벌어지고 있으니 말이다.

우리 모두는 제 짝을 결국 찾는다. 관건은 언제, 어디서, 어느 시점에 만나느냐의 차이지.

한 가지 분명한 건 'Mr. Right'을 못 만난다면 내 인생에 주어진 미션 중 '사랑스런 아내의 파송송 두부퐁당 넣은 된장국 끓이기', '아들딸과 뽀글뽀글 거품목욕하기' 등의 이벤트는 없을 거라는 거다. 왜냐면 때가 되었다고, 혹은 지났다고 땡처리하듯 아무나 골라버리거나 골라짐을 당하진 않을 거니까. 그건 나 스스로에게 정직하지 못한 일이고 상대방에게도 미안한 일이기 때문이다.

결국 난 한 가지 믿음, 서로에게 숨겨진 보물을 서로 알아볼 수 있는 사람이 어디인가 있을 거라는 믿음만 붙잡고 있다.

언젠간 'Mr. Right'을 만날 거라는 꿈을 안고 그냥 내 자리에서 충실히 살아낼 일만 남았다. 그리고 개개인의 인생은 너무도 흥미진진한 '초특급 멜로 코믹 액션 스릴러 휴먼터치 드라마'이니 인생은 살아볼 만하다.

작가가 모든 줄거리와 씬을 구상해놓았다. 우리가 요즘 좋아하는 반전까지. 물론 이 작품을 만드는 과정에는 주연인 나의 생각과 의지도 반영되긴 하지만 말이다.

그러니 나는 작가가 멋지게 구상해놓은 그 드라마에서 주어진 역할을 열심히 연기를 하고 적당히 애드립을 치면 된다.

이별 트레이닝

“하나 둘 셋 여섯, 하나 둘 셋 일곱!”

트레이너의 단호한 카운트 소리에
바들바들 떨며 상체를 일으켰다. 배가 종잇장처럼 찢겨지며 호흡
이 금방이라도 멎을 것 같은 공포가 밀려들었다.

“헉, 헉…… 죽을 것 같아요.”
가쁜 숨을 몰아쉬며 바들바들 떠는 내게
“안 죽습니다”라고 끊어 말하는 트레이너가
얼마나 얄미워 보이던지.
트위스트로 윗몸 일으키기 10번씩 3세트,
덤으로 복부 크런치 10회씩 3세트까지.
하지만 그의 말대로 나는 죽지 않았다.

죽을 만큼 그를 사랑한다고 생각했지만
정말 죽을 정도로 사랑하지는 않았나보다.
죽을 것 같이 아픈 이별이라는 건 어쩌면 내 착각이었거나,
엄살이었거나, 혹은 이별에 대해 갖고 있는
고소공포증 같은 것이었을지도 모른다.

나는, 지금 이렇게 멀쩡히 살아 숨 쉬고 있고,
나 없이는 살 수 없다던 그도
어디선가 잘 지내고 있을 것이므로.
죽을 정도로 사랑하는 사람은 존재할 수 없고,
죽을 정도로 아픈 이별 또한 존재하지 않는다.

Campbell's
CONDENSED

참
이상한
이야기

"전화할 때는 친한 것 같았는데 막상 만나니까 너무 어색하더라구."

갓 연애를 시작한 그녀가 이해할 수 없다는 듯이 입술을 삐죽이며 말했다. 3주 전에 만난 사람과 사귀기 시작했는데 둘 다 일이 너무 바빠 한동안 만나지 못하고 전화 통화만 했다고. 그와 전화하는 내 내 가슴이 콩닥콩닥 뛰고 어쩜 이렇게 나랑 맞는 사람이 나타났을까 싶어 행복했는데 어렵게 성사된 3주만의 만남 속엔 왜인지 모를 긴장감과 어색함이 계속 맴돌았다는 것. 그의 얼굴도 낯설고, 목소리도 낯설고, 모든 것이 낯설었던 것이다.

"전화로 얘기할 때는 정말 친해진 것 같고, 서로를 잘 알아가기 시작한 것 같고, 꽤 좋은 연인으로 발전하는 듯한 기분이 들었는데 막상 만나니까 너무 어색한 거야. 내가 계속 통화했던 남자가 이 남자가 맞나 싶기도 하고, 서로 어쩔 줄 몰라 버벅거리다 집에 갔어. 근데 웃기는 게 뭔 줄 알아? 집에 들어가서 전화를 하니까 다시 가슴이 뛰는 거 있지. 이게 뭐야. 대체 왜 이런 걸까? 이건 뭐 폰팅도 아니고 내가 만나는 남자랑 통화하는 남자가 동일한 인물이 맞는 거야?"

그렇게 전화 속의 자상한 남자와 현실의 낯선 남자 사이의 괴리감에 힘들어하던 그녀는 결국 그 남자와 헤어지고 말았다.

문득 한 후배의 푸념이 기억났다. 후배는 유학하느라 외국에 가 있었는데 한국에 있는 친구와 매일 이메일을 주고받았다. 후배의 친구는 그녀와 생각이 잘 통하는, 사랑과 우정 사이의 감정에서 줄타기 하는 남자였고, 그들은 한국에 있을 때보다 더 자주 연락하게 되었다. 꽤 장문의 편지들을 거의 매일 매일 일 년이 넘게 주고

받으며 서로의 생각을 읽고, 다듬어줬으며, 때로는 어리광도 부리
고, 투정도 받아주며 일 년 사이에 연인 같은 친구가 되어 있었다.
좋아한다거나, 사랑한다는 고백은 서로 하지 않았지만 보고 싶다
는 말로 그가 할 수 있는 최고의 감정을 표현하면 그것에 가슴 떨
려하던 후배였다. 그러던 어느 날 후배가 잠시 한국에 들어왔고,
둘은 오랜만에 만나게 되었다.
'보고 싶다'와 '나도 보고 싶어'라는 말로 이메일 대화를 마무리 하
며 무엇보다 만남을 꿈꿔왔던 그 둘에게는 오랜만에 만난 반가움
도 잠시, 곧 어색함이 흘렀다.
분명 후배를 따뜻하게 챙겨주던 사람이었는데, 그녀가 보낸 편지
속에서 디테일한 감정까지도 읽어내며 그녀를 북돋워주고, 때론
솔직한 충고를 아끼지 않을 정도로 섬세한 사람이었는데, 그 이메
일 속의 그는 어디론가 숨어버리고 그녀는 그녀의 눈앞에 있는 남
자에게서 그를 찾을 수 없었다고.
내게 보고 싶다고 했던 남자가, 이 남자가 맞는 걸까 싶을 정도로
그는 감정을 철저히 드러내지 않고 어떤 벽을 만들어놓고 그 뒤에
숨어 있는 듯한 인상을 받았다고 했다.

후배가 꿈꾸고 상상해왔던 만남과 현실의 간격이 벌어져버리자 그녀 또한 그녀의 마음을 숨길 수밖에 없었다. 혹시나 술이 오르면 마음속에 숨겨져 있는 얘기들이 나올 것 같아 그가 술을 시키는 것을 마다하지 않았다. 오랜만에 싸하게 퍼지는 알코올 냄새에 젖어가며 그 둘은 술을 마셨다. 새벽 무렵, 두 사람의 '사이'에 대한 이야기를 뺀 세상의 모든 이야기를 휘저어가며 다 해버린 뒤에 그와 그녀는 바를 나섰다. 그리고 휘청거리는 그와의 첫 입맞춤. 하지만 다음날도, 그 다음날도 그날의 입맞춤을 기억하지 않는 남자와 그녀의 만남은 그렇게 매몰차게 끝나버렸다. 다치고 싶지 않았기에 그녀는 그렇게 헤어졌다고 했다.

그녀들은 누구와 재잘거리고, 누구와 마음을 소통한 걸까.
그들은 왜 전화기 속에, 이메일 속에 숨어서 나오지 않았던 걸까.
그들은 왜 벽 뒤에 숨어 솔직하게 감정을 드러내지 못하는 걸까.

끊임없이 흐르고 가끔은 멈춰 서서

Detour

생각 없이 터벅터벅 길을 걷다가 'Detour'의 길에 다다랐다.
'돌아서 가라'는 표시판.

삶에는 얼마나 많은 우회가 있을까.
눈앞에 빤히 목적지가 보이는데도 어쩔 수 없이 돌아가야 했던 일들.
그래도 끝이라고 생각하고, 실패라고 생각하고
모든 걸 포기하고 싶을 때조차도
길 없음(Dead End)의 표시 옆에
우회할(Detour) 수 있는 길이 나 있어서
다행이었던 적이 얼마나 많았던지.

하지만 그런 우회조차도 성질 급한 성격 때문에
제대로 가지 못하는 경우가 많다.
담을 넘다 다치거나, 골목골목을 누비며 지름길을 찾아보다가
아예 길을 잃어버리는 일도 생기게 되니 말이다.
그래도 우회도로는 고마울 뿐이다.
결국은 길이 있다는 거니까.

때로는 이유를 알기에 돌아가는 일도 생기지만
이유도 모르고 한참을 돌아가야 하는 일도 생긴다.
숨 한 번 참고 전속력으로 달리면 몇 초 만에 다다를 길을
반나절을 돌아가야 도착하기도 하고,
몇 년을 지치고 소모한 채 돌고 돌아 다다르기도 한다.

사람의 인연도 마찬가지다.
한 번에 쉽게 단숨에 만나지는 인연이 있는가하면
바로 옆에 두고도 멀고 먼 길을 돌아서 와야 만나지는 인연이 있다.
바로 눈앞에 있지만 돌아가야 하는 우회도로처럼,
바로 옆에 서 있지만 길고 긴 여정 속에서
깨지고, 상처 나고, 깎이고 부서진 뒤에야
잃어버린 것들을 서로에게서만 채울 수 있다는 사실을
깨닫고 나서야 만나지는 인연이 있기도 하다.

부서진 마음, 깨진 마음의 조각들이 서로를 보듬어주듯
서로에게 잘 맞물려 하나가 될 수 있는 때가 될 때,
그제야 길고 긴 길을 돌아온 두 사람이 그렇게 만나지듯이.

멀고도 멀었던 길.
한도 끝도 보이지 않아 포기하고 싶었던 길.
다 불어터진 발과 마음을 다독이며 돌아온 길.
이 우회의 끝에 네가 있을까.
더욱 단단해진 발로 길고 지리한 걸음을 잘 디뎌낸 네가.
결국 너였어라고 고백해줄 수 있는 네가.

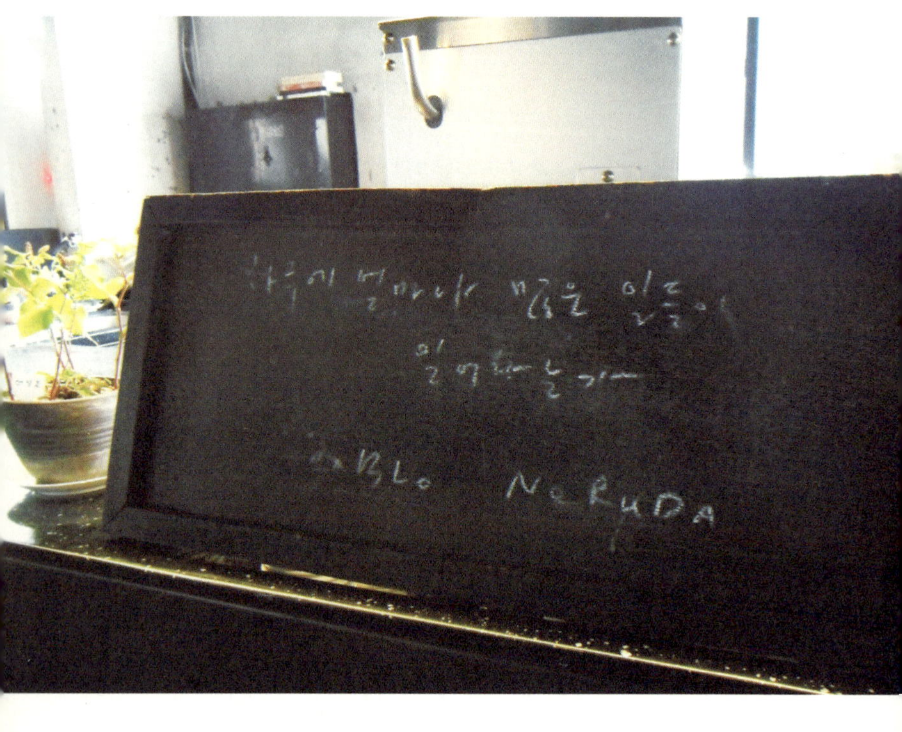
PABLO NERUDA

행선지가 다른 방향인데도 가끔 익숙한 번호의 버스를 보면
무작정 타야 할 것 같은 충동에 사로잡힐 때가 있다.

그날은 단국대 앞에서 버스를 갈아타기 위해
정류장에 서 있었다.
472번을 타야 회사로 가는데
좌석이 텅 비어 있는 110번이 도착했다.
110번은 집으로 가는 버스로 좌석도 넓은 데다 신형이라
내가 제일 좋아하는 버스였다.
손에 딸기맛과 콜라맛 사탕 두 개를 들고
뭘 먹을까 고민하는 아이처럼
버스가 머물러 있는 몇 초간
그 버스를 탈 것인가 말 것인가를 고민했다.

업무를 보던 중이고, 당연히 회사로 들어가야 하는데
갑자기 집으로 갈지 고민하다니.
하지만 승객이 아무도 없는 버스이지 않은가.

나는 좌석이 모두 비어 있는 버스를 탈 때의 긴장감을 안다.
말없이 손님을 주시하고 있는 기사와
유일한 손님의 미묘한 줄다리기.
정류장을 하나둘씩 들렀다 가도 아무도 버스에 타지 않을 때
공기압 빠지며 문을 여는 소리와
정적 속에 다시 문이 닫히는 소리가 주는 긴장감.

항상 제 시간에 숙제를 제출하는 모범생처럼

정류장을 지날 때마다 안내방송을 빼놓지 않고 틀어주는

착실한 운전기사를 마치 내 사람 부리듯 하는 것 같아

마음이 편하지 않다.

내릴 때가 되어 벨을 누를 때는

왠지 해서는 안 될 일을 하는 것처럼 미안함이 앞선다.

내겐 전혀 쓸모없는 2천 원짜리 손전등 볼펜을 파는 사람이

내 앞에 서 있을 때처럼,

6개월간 배달해 먹었던 우유를 끊겠다고

배달해주시는 아주머니에게 말해야 할 때처럼.

문득 네가 내게 왔던 날이 떠올랐다.

버스를 갈아타기 위해 잠시 서 있던 버스정류장에서

넌 가야 할 곳을 잠시 잊은 채 익숙한 버스를 타버린 건 아닐까,

비어 있는 버스에 충동적으로 오른 건 아닐까.

난 그래서 네가 언제 떠날까 조마조마한 마음으로

한 마디 말도 못하고 눈치만 보다

네가 벨을 눌렀을 때

그냥 기꺼이 문을 열어주고만 것이 아닐까.

그렇게 고민하다 버스를 타지 않기로 한다.

익숙한 버스든, 익숙한 사람이든

어느 누구에게도 충동적이고 싶지 않았기에.

그것이 상대방에 대한 예의라고 생각했기에.

PEDESTRIANS
ONLY
NO VEHICLES
PAST THIS
POINT
For Parks info contact 13 1963
Parks

괜찮아,
인생은 그렇게 흘러가니까

가끔 삶이 버거워진다는 생각이 들면
몇 년 전 써놓았던 일기장을 들춰본다.

그 일이 일어나면 어떻게 해야 하는가에 관한 고민 50%
사방에서 몰아치고 있는 비바람에 대한 두려움 20%
이 상황을 극복할 수 없을지도 모른다는 좌절감 20%
나를 이해해주는 사람이 내 곁에 아무도 없다는 상실감 9%
그래도 모르는 한 줄기 빛을 희망해보는 기대감 1%

모든 것이 지나간 현재 시점에서 돌이켜 보면
걱정하던 일들 중 대부분은 일어나지 않았고,
모든 것을 삼킬 것 같던 비바람도 결국 지나갔으며,
마음과 몸은 힘들었지만 나는 쓰러지지 않았다.
게다가 예상치 못한 곳에서
나에게 희망을 주는 사람들이 나타났으며,
한 줄기 빛을 향해 나는 모험의 발걸음을 내딛었고,
이후로 더욱 단단하게 서 있을 수 있게 되었다.

내가 지금 알고 있는 것을 그때도 알았더라면,
이렇게 지나고 보면 내 삶이 썩 괜찮으리라는 것을
조금만 더 일찍 깨달았다면 쓸데없는 고민에 빠져 힘들어하지도,
시간을 헛되이 보내지도 않았을 텐데…….

그러니 이제,
고민하지도 걱정하지도 않기로 한다.

돌려
　　말하지
않기

나이가 들면서 변한 것 중 하나는 대화의 기술이다.

다른 사람에게 내 생각을 전할 때

돌려 말하지 않고 직설적으로 말하는 횟수가 점점 늘고 있다.

하지만 어렸을 때처럼 말을 뾰족하게 내뱉는 것이 아니라

말의 끝을 내 쪽으로 돌려놓은 채

상대방에게 전해준다는 것.

상대방에게 칼을 전해야 할 경우,

칼날이 아닌 손잡이 쪽이 상대방을 향하도록

돌려서 줘야 한다고 어려서부터 배웠다.

상대방이 위협당하지 않게끔 내가 칼날을 잡고

상대방에게 전해주는 것이다.

직설적으로 내뱉는 말도

남에게 칼을 전해주는 것과 마찬가지인 것 같다.

칼이 위험하다고 숟가락을 주거나,

칼을 전해주지 않고 빙빙 주위를 돌거나,

한 쪽 구석에 놓아두고 '당신이 가져가세요' 하는 것이 아니라

나 스스로 나름의 안전장치를 한 뒤 전해주는 것이다.

뾰족한 칼끝을 상대방이 아닌 나를 향해 돌려놓음으로써
상대방이 혹시라도 다치지 않게 하는 것이다.

어린 시절,
나도 모르게 내뱉은 말로 인해 상대방이 다치는 게 싫어서
입술을 닫고 아예 말하지 않거나
굳이 이야기를 해야 할 때는 빙빙 돌려 말하곤 했다.
하지만 이제는 칼끝을 내가 잡고 칼자루를 상대방에게 내민다.
서로 조심하는 마음이 있기에 다치지 않는다.

진실은 아름답고
진심은 통하기 마련이다.

술을
끊는 방법은
의외로
간단하다

술을 끊는 방법은 의외로 간단하다.

술을 마시고 싶을 때 안마시면 된다.

술을 마셔야 할 때 안마시면 된다.

술을 마시고 싶지 않을 때 집에 가면 된다.

면 티셔츠에 청바지를 입은 그는 생각만큼 커다란 키와
깊이를 가늠할 수 없는 눈동자, 부드러운 미소,
그리고 밤 12시 DJ 같은 목소리로 영화이야기를 풀어놓았다.

그의 한마디 한마디는 모두 주워 담아도
언제든 쓸 수 있을 듯한 단어들로 채워져 있었다.
화려한 미사여구는 아니었지만
수더분하고 담백한 그의 인생을 설명하듯 단단하고 깔끔하게.

"저는 대중의 취향을 맞추기보다는
제가 맞다고 생각하는 영화나 연기를 선물로 주고 싶어요.
'제 생각에는 이런 게 좋은 영화인 것 같습니다' 이렇게요.
인정하는 사람이 많든 적든 간에 말이죠.
하다가 망하면 어때요. 전 아직 젊은데.
실패하면 어때요. 그게 난데."

서른을 갓 넘긴 내게,
서른을 향해 달려오고 있는 인터뷰이 유지태가 이렇게 말했다.

studio
hu
artis
exh

관객을 찾아가기 보다는
관객이 자신을 찾아오도록 만드는 매력을 지닌 배우.
이 세상에서 우리는 단 하나뿐인 유일한 존재이기에
어떤 누구와도, 무엇과도 비교할 수 없는 것.
때문에 어떤 선택을 하더라도
그것이 나 자신의 일부기에 부끄럽지 않다는 것.
누가 옳고 그름도 없고, 우린 서로 다를 뿐이고,
나는 나일뿐이라는 것.
그래서 다른 사람의 생각에 내 생각을 맞추지 않는다는 것.
틀렸다고 하더라도, 불편해하지 않는다는 것.
그게 나이기에.

서른을 넘기며 마음이 말라 갈라져버린 나에게 그의 말들은
비구름이 되어 한동안 내게 머물렀다.

그래, 실패하면 어때. 그게 나인데.

치유의 밤

지인의 아버지가 돌아가셨다는 소식을 듣고
장례식장으로 달려간 밤.
문상객들이 앉아 있는 틈 속에서 오랜만에 그녀를 만났다.
몇 년 전, 그녀는 잘 다니던 직장을 때려 치우고 작은 회사를 차려
기특하게도 사업을 하고 있는 중이다.
반가움을 떠들썩하게 표현할 수 없는 자리이기에
서로의 시선만이 오갔고 반가움에 앞서 마중나간 손을 쓰다듬으며
"오랜만이다"라는 인사를 했다.
적당한 대화소리와 침묵과 한숨이 공존하는 자리에서
눈가가 촉촉해진 그녀가 이렇게 말했다.

"이젠 이게 남의 일 같지가 않아."

어릴 적에 방문하는 장례식장은
그저 눈물과 위로와 해후만이 얽혀 있는 자리였다.
감정들이 교차하고, 오랜만에 만난 사람들과 이야기들을 나누고,
남겨진 사람들과 같이 울어주는 것.
하지만 서른을 훌쩍 넘긴 그녀의 마음속에는
자기에게도 언젠가 닥칠 '그날'에 대한 생각들이
현실적으로 자리를 잡기 시작한 것이다.
조문객 접견실에 사용되는 물품들을 눈여겨보게 되고,
각 병원의 장례식장을 하나하나 마음에 담아두게 되는 것.

상주들을 대신해 손님들을 맞고 그들과 이야기를 나누고
테이블을 돌아다니며 조문객들을 챙기게 되는 것도
사람이 좋아서라기보다는, 마땅히 해야 하는 일이라기보다는
언젠가 나도 이런 일을 겪게 될 것이라는 마음에서,
내 일인 것처럼 마음이 먼저 나서게 되는 것이다.

상주와 오래전 다툰 일로 사이가 서먹했던 그녀에게로
조문객들에게 인사를 돌리던 상주가 잠시 자리를 내어 앉았다.
서운함과 고마움이라는 감정이 동시에 밀려들어서일까,
둘은 한참을 손을 잡고 울었다.
죽음은 산 사람과 아닌 사람을 갈라놓지만
한편으론 사람과 사람 사이를 묶어주는 치유의 힘을 가지고 있다.
서로 한 마디의 말도 하지 않았지만
오래 묵은 앙금이 눈물에 씻겨나가고 용서되고, 치유되는 듯 보였다.

"우리 부모님 때는…… 누가 올까? 사람들은 많이 올까?"

지금껏 어떤 삶을 살았는지에 대한 결과가
극명하게 나타난다는 장례식장.
쉼 없이 달려온 그녀는 너무 덧없는 것들에 집착하며 살아왔기에
과감하게 모든 걸 내던지고 새로 출발한 삶이
과연 잘한 선택이었는지를 다시금 되돌아보았다.

돈이나, 명예, 커리어에 대한 집착보다는
인간관계에 대한 좋은 욕심으로 마음이 기울기 시작하는 때.
부모님에 대한 사랑이 더 깊어지고 애틋해지고,
슬픔마저 나눠 갖는 주변 사람들이 고마운 때.
사람에게 마음이 기우는 그런 밤,
시린 마음이 봉합되는 치유의 밤은 그렇게 지나가고 있었다.

엄마의 촉

엄마의 촉은
가끔 1,290만 7,620볼트로 나를 내리꽂을 때가 있다.

"물건을 치운다고 방이 치워지니?
마음부터 치워!"

가끔 엄마가 세상에서 제일 무섭다.

마음도
　　몸살을
앓는다

몸이 으슬으슬 아파 일찍 자려고 누운 어느 날.
엄마가 내 방에 들어와서는
적당히 쉬어 가면서 일하고, 몸을 너무 고생시키지 말라며
몸살은 '몸이 살아나려고 발버둥치는 것'이라고 했다.
모르고 그랬는지, 혹은 알면서 그랬는지
어떤 식으로든 내가 몸을 죽이고 있었나 보다.
몸이 살기 위해서, 주인을 무시하고 자체적으로 발버둥친다는
사실이 웃기기도 하고 슬프기도 했다.

마음도 아프면 살기 위해 발버둥을 친다.
몸살이 났을 때는 몸을 움직이지 않고 쉬면서 가만히 놓아두듯
마음이 아프면 마음을 움직이지 말고 가만히 놓아두면 어떨까?
생각도 하지 말고, 기억도 하지 말고, 상상도 하지 말고
마음에 아무도, 그 무엇도 들어오지 못하게.
그렇게 잠시만 놓아두자.

"누군가가 이 새벽에 나를 걱정해준다는 생각을 하니
마음이 싱숭생숭해지더라고."

올해 서른이 된 그녀.
얼마 전 새벽에 물건을 사기 위해
쇼핑센터에서 카드를 썼다고 한다.
회사물품을 사고 있었던 터라 신용카드 사용금액이 꽤 많았는데
매장 직원이 전화를 받아보라며 그녀를 급히 불렀다.
휴대전화가 아니라 매장으로 전화가 왔다니
그녀는 조심스럽게 전화를 받았다.
부드러운 목소리의 남자였다.

'두근두근…… 무슨 일이지?'

그는 그녀가 사용하는 신용카드사의 직원이었다.

새벽에 갑자기 신용카드를 긁어대니

신용카드를 본인이 직접 사용하는 것이 맞는지,

도난당한 카드로 다른 사람이 사용하는 것이 아닌지

확인차 전화를 했다는 것이다.

새벽까지 잠도 안자고

이렇게 나를 걱정해주고 챙겨주는 사람이 있다니.

그녀의 마음이 싱숭생숭해질 만도 했다.

일면식 없는 사람의 100% 업무적인 소소한 보살핌에도

밀려오는 감동.

서른이란 그런 것이다.

식료품을 살 돈이 없던 것도 아닌데 요리하기도
귀찮고, 슈퍼에 가자니 피곤하기도 해서
2주일이 넘게 고기를 먹지 못한 적이 있다.

회사 식당에 밥을 먹으러 갔는데 그날 메뉴는 국밥이었다.
이상하게 나에게만 유독 고기가 가득 담겨져 나왔다.
다른 사람들의 그릇을 보니 콩나물과 약간의 고기가
고명처럼 얹어져 있을 뿐.

갑자기 울컥 눈물이 났다.
누군가에게 보살핌을 받고 있다는 그런 느낌.
그저, 그냥 모든 게 고마웠던 어느 날 오후.

그림일기를 써가며 꼬박꼬박 오늘의 날씨를 챙겨 적었던
초등학교 시절, 밀린 방학숙제를 개학 전날 몰아쳐
할 수 있다고 해도 일기장의 날씨만큼은
그날그날 써놓아야만 할 만큼 중요한 일이었다.
비오는 날이면 우산과 땡땡이 빗물을 그리기도 하고,
맑은 날이면 햇볕 쨍쨍 태양을 네모난 칸에 그려 넣기도 했다.
흐린 날에는 몽실몽실 구름 한 점도 등장시키고,
눈이 오는 날은 숯 검댕이 눈사람을 내세웠다.

오늘은 눈이 많이 내렸다.

하늘에서 내리는 눈을 보고 우리 해피가 꼬리를 치며 좋아했다.

하늘이 파랗게 맑아서 기분이 좋았다.

엄마도 오늘 기분이 좋은가 보다.

학교가 끝나고 엄마랑 슈퍼마켓에 가서

아이스크림을 사먹었다.

오늘은 비가 왔다.

그런데 학교에서 돌아오는 길에 우산을 잃어버렸다.

너무 슬퍼서 엄청 울었다.

하루의 일과는 이렇게

날씨 이야기로 시작된 때가 참 많았다.

어른이 된 후, 내 일기장에는 날씨가 사라져버렸다.

어른의 삶에는 날씨 따위 중요하지 않다는 듯

예고도 없이 사라져버렸다.

어른이 된다는 건,

단순한 것에 맞추어 살아가는 방법을 잊어버리고,

너무 복잡하게 살아가게 되는 건 아닌지.

고마워,
벤쟈민

볕이 참 선했던 아침, 기분전환 겸 창문을 열었다.
바람도 들어와 잠시 놀다가 나갈 수 있게
집 앞쪽 뒤쪽 창문을 모두 열었다.

사락 사락 사라락.
창틈으로 들어온 바람이 온 집안을 휘젓고 다니며
오래된 먼지를 털어내듯 시원하게 불었다.

소파에 누워 거실 창문을 쳐다보는데
창문 바로 앞에 놓여 있던 벤쟈민 나무가 눈에 띄었다.
내 키보다 한 뼘 정도 더 크고
양 팔을 뻗은 것보다 더 큰 나무.
화분이 조금 작아 위태해 보이지만
숙련된 폼으로 중심을 잘 잡고 서 있는 초록 나무.

언제부터 벤쟈민이 우리 집에 있었을까?
처음 만났을 땐 조금 마르고, 작았던 것 같은데.
곰곰이 햇수를 세다보니 무려 17년 동안을 나와 한 공간에서
지냈다는 사실이 믿어지지 않았다.

반바지 아무렇게나 걸쳐 입고
TV를 보며 뒹굴거리며 깔깔대는 것도,
웃다 울다 팽— 코풀고 아무데나 휴지를 집어 던지는 것도,
엄마한테 반항하고 짜증내던 미운 모습도 다 봤겠구나.
떠도는 마음을 주체할 수가 없어
가방 하나 달랑 매고 여행길에 오른 내 모습도,
터벅거리는 외로운 발걸음으로 문을 열고 들어온
내 지친 어깨도.

좋아하던 사람 잃어버리고 헤매던 때
다행히 집에 나 혼자만 남겨져 있어
그래서 맘 놓고 울었었는데
넌 그때의 나도 말없이 지켜봐주었겠지?
엄마도, 아빠도, 내 제일 친한 친구도 보지 못한
내 가장 깊은 슬픔을,
밑바닥부터 올라온 쓰디쓴 좌절의 눈물을
너는 모두 지켜봤겠구나.

내 곁에 아무도 없는 줄 알았는데
항상 그 자리에 말없이 그렇게
네가 있었구나.

고마워.
앞으로도 계속 내 곁에 있어줘.
내가 누구인지 잊어버리려고 할 때마다
네가 보아온 나에 대해 꼭 말해줘.
꺼질 것처럼 위태로워 보이다가도
곧 다시 살아나는 불씨처럼 강한 생명력이 타오르는,
난 항상 이렇게 씩씩한 사람이라고.

HOUSE
GARDEN
WELCOME

200달러로
미국 서부
일주하기

스물 셋의 여름.

단돈 200달러를 가지고 2주 동안 혼자

미국 서부를 여행한 적이 있다.

학생이던 내 생활수준을 고려했을 때

200달러는 무척 큰 돈이었다.

미국에서 연수하는 딸을 뒀다는 이유로

매달 부모님은 다달이 돈을 보내주셔야 했고

생활비를 쪼개 모은 돈으로 하는 여행이었기에

함부로 쓸 수가 없었다.

미국 철도인 암트랙 2주일 서부레일

이용권을 110달러인가에 구입하고,

슈퍼마켓에서 시리얼 한 상자, 식빵 한 봉지, 가루우유 한 팩을 샀다.

그리고 홈스테이에 있던 컵과 숟가락, 여행책과 지도를 챙겨서

무작정 기차에 올라탔다.

우리나라 기차와는 달리 객석이 2층으로 되어 있었는데
2층 좌석에 앉아서 바깥 풍경을 보는 건 색다른 경험이었다.
몇 시간을 가도 가도 끝이 없는 대지와 사막.
그 사막을 쉬지도 않고 가로지르는 기차 한 대.
그리고 그 기차 안에 앉아 있는 조그만 동양 여자아이 하나.

고마운 암트랙은 내게는 이동수단이자 숙소였다.
이동은 거의 밤에 했고, 잠은 기차 안에서 자는 것으로 해결했다.
대형 팝콘 케이스만한 크기의 콜라를
한 번에 다 마시는 미국사람들 크기에 맞춰진 좌석은
나에겐 일등석과 다름없었다.
빵이 다 떨어지자 뜨거운 물에 가루우유를 타서 우유를 만든 뒤
시리얼에 부어 먹었다.

시애틀에서 시작해 포트랜드, 요세미티, 샌프란시스코, L.A, 버클리,
샌디에고, 그랜드 캐년, 솔트레이크 시티, 라스베가스까지
암트랙은 그렇게 정성스럽게 미국 서부를 횡단해주었다.

LLOR HOTEL
301
POST

비록 무전여행이다시피 한 여행이었지만
여행자들끼리 만나고 스치고 헤어지는 과정들 속에서
수많은 여행지를 걷고, 밟고, 머무는 속에서
모든 것이 충분히, 아쉽지 않게 충족되었다는 것이다.

여행을 시작할 때 나는 어깨까지 내려오는 긴 머리였다.
좁은 기차 안 욕실에서 머리를 감는 게 귀찮아질 무렵,
요세미티에서 우연히 머물게 된 유스호스텔의 룸메이트 중에
헤어 기술을 배우고 있는 아이가 있었다.
그 아이는 실습할 상대가 필요했고,
나는 좀처럼 만나기 쉽지 않은 검은 모발의 동양인이었으니,
딜만 잘하면 오히려 돈을 받고서 머리 스타일을 바꿀 수 있는
절호의 기회였다.
나는 파란 눈의 여학생에게 기꺼이 내 머리를 내어줬고
잠시 후 짧은 커트의 동양인 미소년으로 탈바꿈했다.

연속 스펙트럼처럼 찬란하게 펼쳐지는 불빛,
여기저기서 펼쳐지는 쇼!쇼!쇼!

영국 록 신사 스팅의 'Angel Eyes'로 기억되는 라스베가스에서
말로만 듣던 MGM, 미라지, 시저스 플레이스,
서커스 서커스 호텔을 보는 것만으로도
무한 감동이었고, 무작정 좋았다.

나는 그렇게 익어가는 밤의 라스베가스를 보고 싶었지만
여행 막바지라 수중에 거의 돈이 없어 숙소에서 자는 것은 불가.
이미 시간은 자정을 향해 가고 있었고, 혼자 노숙을 할 수도 없었다.
결국 제일 안전하다고 판단한 곳은 카지노.
난 호텔 카지노에 들어가 배낭을 내려놓고
슬롯머신 하나를 차지한 채 네다섯 시간을 그대로 앉아서 잤다.
남들이 보기에는 위험하고 무모해 보이는 도전이었지만
스물셋의 나에겐 그건 너무 당연한 거였다.
이제 서른이 훌쩍 넘은 어른이 된 나는
아마도 앞으로는 그런 식의 여행을 경험하는 건 어려울 것이다.
대견하고, 대책 없이 용감하고, 제멋대로였던 그때의 내가
가끔은 그립다.

작렬하는 태양 아래 여름을 견뎌낸 포도의 달콤함,

지난 밤 느닷없이 다가온 첫 키스의 떨림,

어스름한 새벽을 가르는 기타리스트의 굳은살 박인 손놀림,

난생 처음 운전대를 잡고 엑셀을 밟아보는 두근거림,

지구라도 뒤집을 듯 온 힘을 다해 몸을 뒤집는 아기의 열정…….

이 모든 것을 다시 담을 수 있다는 것을.

내가 디뎌낸 발자국이 많아질수록

더 깊게, 더 많이 담아낼 수 있다는 것을.

어떤 사람들은 이 쉼표를 찾기 위해 많은 것을 버리기도 하고,

어떤 사람들은 많은 것을 잃은 후 쉼표와 조우하기도 한다.

사는 동안 언젠가 꼭 한 번은 맞닥뜨리게 될 이 녀석을

먼저 알아보고 반갑게 다가갈 수 있기를.

단조로운 하품이 한 여름 소나기처럼 쏟아지고,

어릴 적 기억 창고에 넣고 튼튼한 자물쇠로 잠가놓은 꿈들이

계속해서 문을 두드린다면,

그 녀석과 조우하고 싶은 내 안의 내가

뭔가 말하고 있다는 걸 눈치 챘으면 해.

처음에는 일면식도 없던 그 녀석이 불편하고,

아기가 엄마 배를 밀고 나올 때처럼 큰 용기가 필요하겠지만

무언가 차지하고 있던 내 안의 공간이 비워지고,

이유 없이 쫓기던 삶이 쉼을 얻고,

다시 다른 것을 담을 수 있는 준비가 되기에

한 번은 꼭 치러야 하는 홍역 같은 거라고 할까?

처음엔 미열이 오르고, 몸살을 잠시 앓을지도 모르지만 괜찮아.

시간이 지나면 어떤 문제에도 끄떡없는 튼튼한 마음이 만들어질 테니.

떠나보면…… 알게 될 거야.

두근거림이 없는 삶이 얼마나 무료했었는지,

남들이 다져놓은 안전한 길을 쫓아가면서는

왜 이런 기쁨을 느낄 수 없는지,

익숙한 길만 반사적으로 걸어왔던 내 몸이 얼마나 아둔해졌는지,

잃고 싶지 않아 부여잡고 있던 것들이 얼마나 의미 없는 것들이었는지.

그리고 그 모든 것을 버리고 가벼운 발걸음을 내딛은 내가

얼마나 자랑스러운지,

쉼표의 끝에 만나게 되는 시작 하나가

얼마나 소중한지를.

그때 알게 될 거야.

너를 가장 사랑할 수 있는 건 바로 자신이라는 것을.

"이번엔 또 어디 갔다 왔니?"

오랜만에 만난 사람들이 내게 던지는 첫 질문은 항상 이렇다.
난 이 말이 정말 좋다. 나는 그들에게 항상 어딘가로 떠나는 사람
으로 인식되어 있고, 그건 나라는 사람을 어떤 식으로든 명확하게
정의할 수 없다는 걸 의미하니 말이다. 난 그렇게 한 곳에 고여 있
지도, 머무르지도 않는 사람이고 싶다.

버리고 떠나면, 다시는 가질 수 없을 거라 생각했던 것들은 막상
떠나고 나니 그렇게 중요한 게 아니었다. 내 인생에 정말 중요한
것들은 어떻게 해서든 다시 제자리로 돌아오거나 내 주위에 머문
다는 것을 알게 되었다. 나는 언제나 떠났을 때 훨씬 많이 자랐고,
새로운 환경에서 다양한 사람들과의 조우, 생각과 판단, 행동을 통
해 내가 어떤 사람인지를 더 명확하게 들여다볼 수 있었다. 그래서
어떤 급격한 변화나 힘든 일이 닥쳐도 조금은 덜 낯설어하고 덜 두

려워하게 됐다. 이방인으로서 그들의 삶을 들여다보며 자연의 이
치에 순복해 살아가는 마음, 소소한 것에 대한 감사와 행복 그리고
매순간 최선을 다해 살아내는 삶의 지혜를 배우기도 했고.

새로운 것에 대한 호기심과 새로운 길에 대한 열정이 계속 지속되
는 한, 겁 없이 맞닥뜨린 그랜드 캐년에서 온 몸이 전율하던 경외
감이 잊혀지지 않는 한, 아프리카 부룬디에서 앙상히 말라 뼈밖에
없는 닭이 저녁식사로 접시에 담겨져 나왔을 때 짠하게 내려앉았
던 마음이 내게 남아 있는 한, 나는 계속 어딘가를 향해 떠날 것이
다. 끊임없이 배우고, 사랑하고 그리고 변화하기 위해서.

길을 잃어도 상관없다. 누구나 길을 잃으니까.
끊임없이 길을 걷다보면 언젠가는 가야 할 길에 서게 된다는 진리
를 알기에.

나를 여행할 수 있게, 나의 삶을 풍족하게 만들어준 사람들에게 더없이 감사하다. 언제나 쉴 수 있는 그늘이 되어주시는 두 나무, 라이온 미디어 박상용 사장님과 박만진 부사장님 그리고 회사 식구들, 머릿속 생각들이 활자로 펼쳐질 수 있게 도와주신 시공사, 변함없는 사랑으로 나를 응원해주는 PC, PE, New Philly 식구들과 소중한 친구들, PPaul, 인간 만유인력 충걸 선배, 내게 자유로움과 감성을 심어주신 아빠와 엄마, 속 깊은 동생 준원, 뷰티풀 새 식구 수정 그리고 한방이. 용케도 씩씩하게 견뎌온 나에게.

마지막으로 나의 모든 것 되신, 다시 만난 하나님께.

그냥 눈물이 나

© 이애경

2011년 11월 4일 초판 1쇄 발행
2014년 9월 12일 초판 11쇄 발행

지은이 | 이애경
발행인 | 이원주
책임편집 | 유화경
책임마케팅 | 조용호

발행처 | (주)시공사
출판등록 | 1989년 5월 10일(제3-248호)

주소 | 서울 서초구 사임당로 82(우편번호 137-879)
전화 | 편집 (02)2046-2854 · 마케팅 (02)2046-2881
팩스 | 편집 (02)585-1755 · 마케팅 (02)588-0835
홈페이지 | www.sigongsa.com

ISBN 978-89-527-6323-5 13810